仙侠
情缘
02

妖夜回廊

YAO
YE
HUI
LANG

白泽 Adult／著

贵州出版集团
贵州人民出版社

图书在版编目（CIP）数据

妖夜回廊 / 白泽Adult著. -- 贵阳 : 贵州人民出版社,
2016.9（2020.3重印）

ISBN 978-7-221-13434-9

Ⅰ.①妖… Ⅱ.①白… Ⅲ.①长篇小说－中国－当代

Ⅳ.①I247.5

中国版本图书馆CIP数据核字(2016)第192722号

妖夜回廊

白泽Adult 著

出 版 人：苏　桦

出版统筹：陈继光

选题策划：胡晨艳

责任编辑：孔令敏

流程编辑：胡　洋

特约编辑：陈　思

装帧设计：Insect

封面绘制：猫君大白

出版发行：贵州人民出版社（贵阳市观山湖区会展东路SOHO办公区A座
　　　　　邮编：550081）

印　　刷：三河市华东印刷有限公司

开　　本：880×1230毫米 1/32

字　　数：230千字

印　　张：9

版　　次：2016年11月第1版

印　　次：2016年11月第1次印刷
　　　　　2020年3月第2次印刷

书　　号：ISBN 978-7-221-13434-9

定　　价：45.00元

目录
contents

目录
contents

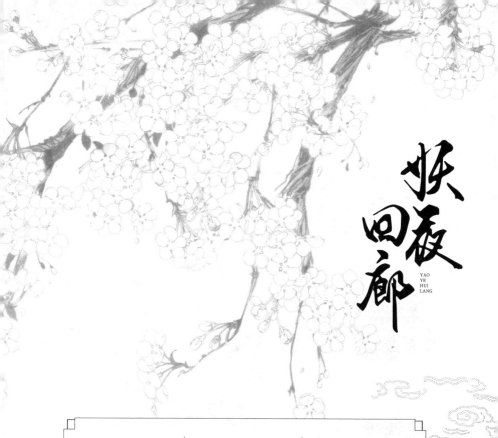

妖夜回廊
YAO
YE
HUI
LANG

目录
contents

第一卷 《双生》

传说在人间与黄泉交接的黑暗最深处，生长着一种洁白美丽的花朵，花香芬芳而充满迷惑。它们在同一枝花枝上互相相爱，却也互相争抢，争斗不止，用最深刻的伤害来表达最深刻的爱，直至死亡。

楔子

鸢萝来找我的时候，我正琢磨着在落脚的新地用什么样的身份在凡人堆里扎根。虽然客栈的消息来源更广，但奈何流落人间之后我身边并没有什么信得过的同宗，而如若使用撒豆成兵这类妖气甚大的法术，又唯恐惊动蜀山那群臭道士。

是以我琢磨了一番，觉得还是以一个寡妇的形象出来开一间茶寮比较好。一来这样的身份容易引起他人同情，能够招揽不少生意；二来若消息打听完毕，也大可随便唤一个关系不错的妖族扮作凡人，以改嫁的方式不动声色地走人。

因为银子给得较足，很快，便有面色黝黑的汉子前来为茶寮动工。眼看着日头正烈，我便准备回屋拿些茶叶去给他们煮一些解暑的清茶，却不曾想，刚刚进屋，便瞧见了面容雪白气若游丝的双生花妖鸢萝。

"素卿姑姑。"一见我进屋，她便飞快地跑过来抱住了我的胳膊，模样极是无助，"最近我总感觉到自己的身体在逐渐虚弱，好像是失踪已久的姐姐在突然掠夺我的修为。"

虽然双生花妖中互相掠夺修为最后双双枯竭而亡这样的事对妖界来说很习以为常，可鸢萝和鸢禾这株双生却不同，尽管一个花谢之后另外一个方才花开，但她们却从小相亲相爱，所有的朝露修为都一起平分。直到有一日，听闻鸢禾爱上一个经常由于重伤在黄泉徘徊的少年将军，然后不顾族里的劝导一心一意地变幻人形追随而去，从此黄泉古道旁的姐妹双生便独剩鸢萝一朵。

我伸手摸了摸她柔软的乌发，想到每次去黄泉办事，总是会看见这个漂亮的小姑娘提着一盏灯笼，无偿为过往的鬼魂或妖怪带路，心中微微一暖，开口时的声音便又柔和上了几分："你想让我怎么做？帮你抢夺修为吗？"

"不。"

这是我能想到最可能的理由，却不曾想，话音一落，鸢萝却摇了摇头："我能感觉到姐姐现在非常难过，可是我感应不到她的存在。听族长说人间就只有姑姑能够以妖气入梦寻人，像我跟姐姐这样并蒂而开的双生花，虽然注定会错过花开的时间，但是却可以互相感知，甚至窥探双方的命运轨迹。所以如果可以的话，我希望姑姑能够通过我看见姐姐的记忆，让我知晓她为何会这样难过，如今又在什么地方……"

第一章
忘川

按理说，一般会在黄泉出现的人，大抵都是已经死透或者已经垂死的人，可方筝却是每一次都伤得让鸢禾触目惊心，可每一次他却又会在黄泉岸边徘徊一段时间后，以决绝的姿势重新走回人间。

不过短短三年，却在黄泉往返了数十次，如此一来，就算鸢禾想要不注意他都难。

这期间，他走得最远的距离已经到了鸢禾生长的旁边，几乎她一抖着花瓣抬头，便能看见他周身惨烈无比的伤。

以前他们隔得远，所以鸢禾并没有真切看过他的模样，可在她的想象之中，这样杀气极重的男子，应当有着一张比十殿阎罗还要凶狠的面容才对，却不曾想，当她努力舒展着花枝透过浓雾看清楚他的脸后，却再也不能挪动目光。

分明是比女子还要美丽的面容，可因为眉目间的坚毅却又让人感觉不到丝毫娇柔。

鸢禾微微有些失神，以至于一不小心，便用枝叶抱住了他的脚踝，阻止了他的继续前行。

"白色的小彼岸，你也在阻止我的继续吗？"他顿足，俯下身来抚着鸢禾的花瓣对她微微叹道，"我也知道，如若再往前走一段路，就算大罗神仙也救不了我了。"

鸢禾在枝头弯了弯，表示孺子可教，顺带以示嘉奖地用叶子拍了拍他的小腿。

"小彼岸真有灵性。"方筝瞧着有趣，便索性蹲下身继续道，"你在这黄泉岸边生长了这么多年，可曾见过前些年有一个叫小兰的漂亮姑娘从这里经过？我找了她好久。"

直到那时鸢禾才知晓，原来眼前的少年之所以屡次在黄泉岸边徘徊，都是为了寻找他心爱的姑娘。

只是叫小兰的何其多，漂亮的姑娘也何其多，就今天这一日的时间，她便听到往生引路人念了起码好几百个这样的名字。

或许已经习惯了失望，所以没有得到鸢禾的回答，方筝倒也没有多难过，只是深深地看了一眼通往地府的路，转身又走向了来时的路。

鸢禾搅动着靠近花瓣的两片叶子，挣扎许久，终是在他快要消失在路尽头的时候，对着他笔直的背影咆哮道："土包子，有没有文化！居然连双生花也认不出！你才是彼岸，你全家都是彼岸！"

方筝脚一抖，险些摔进忘川河。

第二章
执着

鸢禾再一次见到方筝的时候，恰好过了半年。

彼时凡间正值生机勃勃的春天，连带着忘川河两岸的彼岸和双生也陆续开了花。

她看着方筝走近，本来准备夸他记忆不错，谁知他却在距离她一丈多远的位置，对着另外一朵雪白的双生含笑说："时隔半年我又照着记忆里的路来了，会说话的小彼岸，你还记得我吗？"

鸢禾想，如果自己跟人类一样有温热的血液，现在肯定一口老血喷在了他雪白的脸上。

虽然每朵彼岸的颜色都一样，可由于修为不同，开花的形状大小也会不同，她由于跟妹妹鸢萝平分了修为养分，所以花朵的个头比普遍的双生都要小上大半圈，亏他好意思炫耀自己的记忆。

默默在心底冷哼了两声，鸢禾方才伸长了叶片一巴掌拍到他弹性不错的臀上，恨铁不成钢道："土包子，我在这里。"

妖的力气自然不是普通凡人可以比拟的，因而一击之下，方筝很是跟跄地退后了几步，好不容易方才稳住身形，回头对鸢禾嘟嚷："你一个女孩子，怎的能随便接触男人？"

"谁告诉你我是女孩子？"

"花妖不都是女孩子？"

"果然是个没见识的土包子。"

"……"

或许是独自寻找的黄泉路太过孤单，又或许是因为对着一朵花没有负担，所以在两人渐渐熟悉了之后，方筝对着鸢禾说了许多他在凡间绝对不会说与人听的话，比如很多次以他的武功根本不用受那样的伤，可是为了到黄泉寻找小兰的下落，他不得不多次在生死边缘徘徊。

对于他的想法，鸢禾表示很不能理解。

"既然那么喜欢，为何不直接死透，这样便可以直接去阎王殿前请求查看小兰的下落？"

"你也觉得这样很虚伪是不是？"他微微扬了扬嘴角，明明是在笑，可却让人感觉到无尽的悲伤，"可是我没办法，如今父皇年迈，皇兄之间内斗不止，但凡有实力有兵权的将军都被他们拉拢不肯轻易浪费兵力对外，如若我也死了，宁国和百姓又该怎么办？"

"那以后你会当皇帝？"鸢禾舒展着花瓣看他，否则她无法理解这样的拼命是为哪般。

方筝依旧摇头："我虽是皇子，却并非太子。"

鸢禾越发疑惑："那你是要干掉太子取而代之？"

"太子之后，我还有十五个哥哥，我排十七。"

她吸了口气，摇摆着花瓣不敢置信："你爹怎么这么能生？你想当皇帝还真是困难重重。人家唐什么宗，被兄弟手足逼迫不得不举兵，都还被诟病那么多年，你若踩在十六个兄弟的尸体上登基，一定会遗臭万年的。就算你跟他一样能够开创一个大唐盛世，那些史官也不会放过你的。"

"我不会造反，我不想当皇帝。"

"不想当皇帝的皇子不是好皇子。"她怒其不争，"而且听说你已经军功赫赫，不管是在军中还是在民间都威望极高，你以为你的兄弟登基后会放过你吗？自古名将，下场凄凉。"

他无言以对，好半晌才抬手触了触鸢禾的花瓣，眼神坚定地看着她："若宁国得以长盛不衰，君让臣死，臣不得不死。"

"土包子，大蠢蛋。"她挥舞着叶片不断拍向他的小腿，"这千万年来，我就没见过比你更傻的男人。"

"……"

第三章
入世

可不管再怎么骂，鸢禾也知晓，仅凭自己现在这花朵的真身压根就不能阻止任何事。她想，毕竟两人相识一场，她有必要去拯救这个土包子的人生。

得知她的决定，长老们起初很是忧虑，毕竟这古往今来的传说，但凡涉及了跨种族，不管是爱情抑或是友情，最后的结果都无一不以惨淡收场。

可他们也知道无法更改鸢禾的决定，所以最后几经商议决定，若无法改变她去人间的想法，便只好语重心长地劝她："想想狐狸精妲己，想想杏花精杨玉环，男人征服世界，女人征服男人。只要他喜欢你，就会巴不得为你活下去。"

长老的话委实在理，鸢禾思索之后，亦决定遵从。

只是方筝这般漂亮又厉害的男子，大抵只有她记忆之中最美丽的面孔能与他般配。

花妖化形的时间本来需要整整三年，可鸢禾却唯恐方筝出事，便不顾经脉爆裂的危险，没日没夜地修炼。实在疼到不行，她便想方筝的模样，想他说话的语气，想他提到小兰的深情，想着想着便有了继续的勇气。

也就在那样重复循环的思念中，鸢禾对方筝的想念也越来越浓。

她从来受不得半点疼痛，可为了方筝饶是化形的过程会历经抽筋剥骨的疼，她也依旧没有半点怨言。也直到那时，她才明白，原来就在这些点滴的相处中，自己早已对他情根深种。

其实茫茫人海要寻找一个人并不容易，可好在鸢禾要寻找的男人是宁国的英雄，宁国的城池中随便问一个路人都能知道方筝如今在什么地方，又接连打了几场胜仗，是否受伤。

一开始，她本打算直接去军营里寻他，可后来想到，尘世间能发展最迅猛的感情除了一见钟情，就唯有英雄救美，而第一种方筝已经在小兰身上经历过，如今便只有第二种可以施行。

在鸢禾的想象中，方筝在千军万马中与敌方周旋，然而各种危险陷阱也随之而来，她便在这千钧一发之际，奋不顾身地将他救下，然后让他在清醒后的第一眼便看见她的模样，最后她便微笑着对他说，方筝，你看，黄泉之地的小彼岸寻你来了。她为你走过了千山万水，她为你修成人形变成了姑娘，以后，她还要在你身边，听你说一辈子的故事。

但奈何方筝实在太过聪明，不管敌军布局如何巧妙，他总能以快速地冷静下来分析，然后带领将士杀出重围。

鸢禾这一等就是两个多月，期间经历了大大小小七八次战争，一次又一次地被方筝的英姿聪慧折服，也逐渐认识到方筝当初所说的除非他故意露出破绽受伤究竟是何等强大的概念。

无奈之下，鸢禾只好将最初的女救男计划迫不得已地改为庸俗路线的男救女，因而其具体实施过程也简单了许多，大抵不过是她算好方筝回城的时机，然后露出真容上街，用媚术诱几个人高马大的汉子过来调戏。

起初一切都按照她的设想在发展，可当她回过头梨花带雨地准备对方筝说出那番话的时候，方筝却愣愣地看着她的脸，好半晌才猛地上前一步，用力将她拥入怀中，哽咽而深情地唤道："小兰……"

鸢禾觉得，这世间最荒唐的事莫过于你知道你的心上人有喜欢的姑娘，你清楚自己根本无法抢占她的位置，你好不容易说服自己可以用一辈子的时间去让他遗忘，你好不容易修成人形找到了他，可是到头来他却告诉你，你跟她喜欢的姑娘长得一模一样。

第四章
过往

她跟着方筝回到了军营，也是在那时，终于知晓了他跟小兰之间最完整的故事。

那年宁国尚且国泰民安，他作为皇帝幺子自是备受宠爱，平日最喜欢的便是与一群王公贵族纨绔子弟在最繁华的街道赛马，以欺负百姓为趣，以看众人痛哭流涕为乐，是京城人人唾骂的混世魔王。

宁国的京城是出了名的万花之都，一年四季都被繁花拥簇，其中以蔷薇花开放的初夏最为美丽。

那天他与往常一样呼朋引伴去街上，准备纵马狂奔，然而吃过了苦头的百姓，一看见他们就以最快的速度逃之夭夭，这让他觉得甚是无趣。

本打算百无聊赖地离去，却在看见从蔷薇花深处迎面而来的素衣少女时，生平第一次愣住了神。

直到她缓缓走近，他才发现，除却一袭素净白衣以外，她的鬓边也簪了一朵白花，而那张比蔷薇花还要艳丽的脸上，此刻却挂满了眼泪。

这厢他刚刚弯了弯嘴角，还未来得及拿折扇挑起她的下巴调戏，那厢看似柔弱的姑娘却是拔出匕首对着他狠狠刺了过来。

作为一个从小用拳头征服纨绔的皇子，方筝自然不可能束手待毙。

起初他的第一反应便是刺客，然而当他轻而易举便用掌风将她扇倒在地，随之眼疾手快地扼住她的命门时，这才发现眼前这个胆敢行刺他的姑娘竟然一点内力也没有。

若是以往有人胆敢这样对他，他定不会让那人好过，可奈何这个姑娘梨花带雨的模样委实太过标致，因而他纨绔暧昧的眼光中踌躇许久，方才讷讷问道："姑娘，你我无冤无仇……"

谁知话还未说完，那姑娘竟一口咬在了他的手腕。剧痛瞬间传来，他只好顺势松手。

他本以为她会逃跑，谁知她却只是看着他鲜血淋漓的伤口，露出了一抹绝望而凄艳的笑。

"罢了，我早就知道凭一己之力奈何不了你，爹娘，女儿无能为你们报仇，这便来黄泉陪你们了……"

话音一落，她便毫不犹豫地撞向了一旁的院墙。

若非方筝与她离得近，及时出手将她劈晕了过去，恐怕他与小兰也再不会有后来的纠葛。

直到那时，方筝才知晓，自己这些日子在街上的策马狂奔究竟伤了多少人，更是直接造就了本就穷困没办法在受伤后治疗的小兰双亲惨死。

"因为我的身份，从来没有人指责过我的过错，所以我便从来没有意识到自己是错的。"护城河浩浩荡荡而过，身边的鬼魂也一去不复返，方筝的声音也由最开始的追忆渐渐转为沉重，"等我真正明白，却已经晚了。"

鸢禾点了点头表示理解，一朵花的成长都还要经过破土重生抽枝发芽，更别提一个天之骄子的醒悟，特别是在明白自己以前做了那么多蠢事，伤害了那么多人，甚至还有些哪怕他穷尽毕生之力也终究没办法弥补的时候，这般成长的痛苦绝对更为深刻沉痛。

"那后来呢？"

后来，他弄清楚事情原委之后，便再没有为难小兰，在她醒后任由她离开，而后因为内疚自责，他便再没有与那些纨绔做过这样的蠢事。

他知道父母之仇不共戴天，也清楚小兰并不想看见他，可奈何他心里已经住进了这个外表美丽性子刚烈的姑娘，所以每每当她踏着朝露出来卖花维持生计的时候，他总是会提前用银子收买路人，让他们去照顾她的生意。

他自以为做得万分隐秘，可连续几次之后，却让小兰看出了猫腻。在发现是他安排的这一切后，她便把近日所有卖花得来的钱都砸到了他身上，之后便再没有出来卖过花，而是进了一家名声颇为不错的绣房做帮工。

那家绣房里几乎都是丈夫在前线牺牲或者家里已经再没有亲人可以依靠的可怜人，还有不少立过贞节牌坊，几乎可以算是整个宁国女子忠贞孝烈的象征，在民间百姓的心中有很崇高的地位，纵使是天子也须敬上三分，他更是还没能进去，便直接被人扫地出门。

若说一开始他对小兰只能算有好感，但在那被连续几次毫不留情地拒绝后，她便已然成了他志在必得的执念。

他想，没有经过父母之命媒妁之言便频繁地去找一个姑娘，这般纨绔才能做出的行径，也难怪她会越来越不待见他，可如若他去向父王请旨，让她成为他唯一的妃，用一生的时光去弥补他之前的错误呢？

他的母妃生前曾是他父王最宠爱的妃子，这些年但凡他有所求，父皇从未拒绝过他。

方筝本身便是敢想敢做的行动派，思及至此，更是立马便调转马头回了宫。

他本以为这一次也定会和以前很多次一样，只要他开口，父皇便会满足他。

却不曾想，宁王只是用极为深沉的目光看了他许久，方才疲惫万分地叹道："你要纳那个民女，朕并不反对，可是在此之前，你必须先去齐国迎娶齐王最宠爱的三公主黛姬。"

若非迫不得已，他知道他的父皇绝对舍不得勉强他半分。也直到那时，他才知晓，他先前听闻的秦国三十万大军将兵临城下，原来这些并不是民间空穴来风的谣言。

可是，若他娶了黛姬，此生将再无与小兰在一起的可能；若不娶，就算父皇谅解他，他又如何能原谅将宁国推向战乱的自己。

他缓缓抬头，在明亮的灯火下，他已经能清楚地看见父皇两鬓灰白的发。他想着，就在今日早朝的时候，他的哥哥们为了这个最高的位置依旧各自为营争权夺利。

大丈夫有所为有所不为，作为宁国的皇子，他不能任由秦国的铁骑踏入他的故土；而作为一个男人，他又不能委屈他心爱的姑娘。

所以当宁王再一次准备对他开口时，他以从未有过的郑重姿态，笔直而虔诚地跪了下去："父皇，娶齐三公主是小，可是战后驱逐齐兵却甚难，谁也不知是不是驱狼迎虎。儿臣虽无能，却愿为宁国而战！但凡儿臣还有一口气在，就誓不让秦兵占我半寸故土。"

虽然在民间方筝素有纨绔之名，可是但凡皇室宗亲却都知晓，于文，方筝天性聪颖过目不忘，每次太学考试都是稳坐第一，其步兵排阵方面更是让朝中第一大将于虢都暗暗惊叹；于武，他五岁能挽弓，十岁能猎虎，十五岁所有御前带刀侍卫联合起来都只有被他耍着玩的份，这也是为何宁国皇子那么多，可宁王却单单只如此纵容他的真正原因。

可因为他并没有真正带过兵，所以最后宁王还是派老将于虢为主帅，他为副将。

此去生死不可预料，他犹豫很久，终究还是在临行前夕进了绣房。因怕再度惹小兰厌恶，所以，他只是把亲手雕刻的兰花簪小心别在了她窗前，然后隔着窗户对她轻声说："我明日随军出征，也许会死在战场，也许会活着继续让你讨厌，可不管结局如何，只要你有所需要，都可以拿着这支发簪去寻我二哥帮忙。"

第六章
寂灭

故事听到这里，鸢禾已经大概能猜到后面的结局，无非便是他二哥贪图小兰的美貌想对其用强，而后小兰宁死不从，还未等到他的归来，便只剩白骨芳魂。

谁知，方筝却摇了摇头，告诉她真正的事实比她想象的还要残酷万分，而害小兰惨死的，不是他二哥，却是他曾经拒绝过的齐三公主黛姬。

齐王有疾，任凭后宫佳丽三千，却只生了三个孩子，而前两个都不幸夭折，唯有黛姬一人得以存活，是以齐王从小便视之为掌上明珠，后来更是放话说，若谁能打动齐三公主黛姬的芳心，谁便可以随之改姓入主齐国，成为下一任齐王。再加上齐三公主美貌聪慧还素有才名在外，因而这些年为其奔赴齐国的英雄才俊如过江之鲫。

可黛姬素来眼界甚高，这些年能看入眼的才俊不过寥寥数人，而方筝便是其中之一。

而让黛姬感到愤怒的是，这厢她还未想好究竟要不要答应宁王的提议，那厢方筝却宁可上战场送死，也不愿娶她过门。

从小到大，她从未受过这样的侮辱，而后一经打听，方筝居然是为了一个曾经的卖花女，如今在绣房帮工的一个平民拒绝了她。

骄傲如黛姬，自然咽不下这口气。

因而方筝前脚刚刚随军离开京城，她便以两国交好互相往来为名，带了奴仆若干来了宁国，寻到了小兰。

若说黛姬是娇艳欲滴的玫瑰，那小兰便是月光下最美丽的幽兰，自古美人之间能相处和睦者便甚少，更何况小兰还是让方筝拒绝她的姑娘。

黛姬嫉妒小兰的美貌，所以让人划花了她的脸；黛姬嫉妒小兰的清冷，所以让人毁掉了她的纯洁。

若换作一般的姑娘，被人这样凌辱对待，恐怕早不知自尽了多少回，可因着这一切都由方筝而起，所以小兰煎熬了半年，终究等到了方筝的凯旋。

然后在他即将进城的瞬间，小兰从城楼一跃而下。

用她的死，断绝了齐三公主跟方筝十分有可能的未来，也造就了方筝的终生悔恨。

故事的最后，鸢禾总算明白，为何方筝在看见她的第一眼，会是那般模样。

若是一般的花妖，兴许早就心灰意冷地离去，毕竟花妖的化形一生唯有一次，就算再深爱也应该无法忍受自己成为他人的替身，可鸢禾却庆幸自己选择了小兰的模样，只有如此她的方筝才不会遗憾，更不会因为想要见小兰，便又一次又一次地在生死边缘徘徊。

是以她从来不拒绝方筝对她的好，也不介意他看着她的脸走神时是否在思念那个一直住在他心尖尖上的小兰。她想，只要他还在她身边，只要他能不再伤心，比之维护一个花妖的骄傲，她更在意的却是方筝能不能平安活下去。

若歇战时期，他便会带她到附近的戈壁滩去看大漠孤烟直，长河落日圆的壮丽辉煌，然后顺手猎上几只神出鬼没的火狐给她做御寒的皮裘；若敌军来袭，她便会听他的话，乖乖待在营帐中，手脚笨拙地替他缝补一些被扯坏的衣衫，而在此之前，她根本无法想象，堂堂一国皇子居然也会跟普通将士一样，穿缀有补丁的衣裳。

对于她的疑惑，方筝在回来的时候摊手有些无奈地表示，其实最开始他初上战场的那会儿，除了必需的盔甲战袍外，其余皆是价值不菲的华衣，甚至连他当时所住的营帐都缀满了华丽的明珠宝石，可随后当他发现这样的行为除了激起将士的怒气和被敌军当靶子以外，压根就没有任何用途，从那次初战结束以后，他便收敛了所有浮华，真正开始融入这边关。

鸢禾有些心疼地拉了拉他的袖口："可是你一个天之骄子，要完全融入这里又谈何容易，你一定吃了很多苦。"

方筝一开始只是含笑摇头，可最终抵不过鸢禾不屈不挠的目光，只好无奈地开口："毕竟这里的每一个将士都有过多场战役指挥经验，若要让他们听从那就意味着我的每一条命令都不能出错。而对于那些总是在最前线抛头颅洒热血的兵将，我在做好战略部署后，便会一骑当先，永远坚定地走在出生入死的最前线，如此一次又一次、一年复一年，众将士才真正打从心底接受了我这样一个远自京城而来的皇子。"

他说得轻松，可是鸢禾却不难想象那其中的诸多艰难，心中又骄傲又心疼。

也是自那之后，每次但凡他出战，她也会悄悄隐身尾随，每当他有危险的时候，她都会用妖力帮他挡过；而每次当他要舍生救人的时候，她亦会毫不犹豫地站在他身前。

只是如此一来，随着妖力消耗的逐渐增多，得不到黄泉天地灵气的滋养，她的身体也越来越弱，越往后甚至连与族里长老的联系都不能如期进行。

脱离族群，失去族群的庇佑，对于一个妖而言是最危险的事，可每次只要她想着那些被她救下的将士，想着方筝为此笑容越来越多，就算最后她会完全失去妖力，为他彻底变成一个普通的姑娘，懂七情六欲，会生老病死，只要是为了方筝，她就觉得一切都是值得的。

第七章
真相

可偏偏在她最为虚弱的时候，齐三公主黛姬来了。

黛姬来的那天边关恰好迎来了初冬的第一场雪，天上地下都是一片纯白。她在街上瞧见许多小童欢喜地堆雪人，回去便缠着方筝照着她的模样给堆一个。

黛姬便是在银装素裹中，撑一把艳丽的红色油伞，华衣高髻，携数百随从款款向她走近。

虽然听过关于黛姬的事，可鸢禾却一次也不曾见过她的模样，所以在她出现的瞬间，鸢禾还拍了拍手上的雪，饶有兴趣地用手肘碰了碰方筝的胳膊，笑吟吟地问："这般排场，可是你的公主妹妹逃出来看你来了？"

方筝没有答言，只是越发攥紧了她的手。她微微蹙眉抬头，这才发现，方筝的神色竟在看见那女子的瞬间褪却了所有的颜色。

"方……"

她想问他怎么了，却不曾想，刚一开口，便被那艳丽无双的姑娘，一声娇笑打断了所有的话："方筝，你有本事救她，为什么没本事告诉她真相，告诉她我齐三公主不是你的妹妹，而是你明媒正娶的正室夫人？"

也直到那时，鸢禾才知晓，小兰故事中最后的结局。

黛姬说，小兰死后，头七未过，她便披着凤冠霞帔嫁进了十七皇子府。

人固然不可以选择自己的出身，可一个好的出身却能够让人轻易得偿所愿。

正因为方筝上过战场，所以他更加明白，若再拒绝齐国的主动求和，将会把宁国推向万劫不复的境地。

不管他有多讨厌黛姬，却不得不善待她；而不管他有多喜欢小兰，却不得不含泪替她掩上黄土。

"可是喜欢一个人能喜欢到什么地步呢？"黛姬侧头看她，颊边的酒窝酝酿出绝美的笑，"譬如我不远千里杀了小兰，又譬如方筝不愿放弃他的执念，所以不惜以二十年寿命为代价，请秘术师把小兰魂魄里关于往昔的记忆篡改，让她附身在一株即将化形但是灵智却懵懂未开的双生花妖之上。仅有如此，她才会忘记对他的恨，而他们才有重新开始的机会。否则，你以为黄泉岸边那样多的双生，为何他偏偏选择在你身旁停留？而你为何却唯独对小兰的样貌记忆深刻？"

黛姬的话每字每句都那样简单，可连在一起的含义却让鸢禾难以承受，脑袋里一直坚信不移的东西好似在一点一滴地崩塌。她看了看指尖不住发抖的方筝，又看了看笑容明艳的黛姬，好半晌才艰难开口："就算如此那又如何？小兰已经死了，她是她，我是我，她恨方筝，可是我爱方筝。"

"那方筝爱你吗？"黛姬挑眉看她，笑容轻蔑，"这些日子，我一直让人看着你，你仔细想想，为何你到人间的时候分明也喜欢华丽贵重的东西，可越往后打扮便越素净？花妖是靠日月精华而存活的，可你为何却已经离不开五谷杂粮？以方筝的身手，如何会发觉不了你在战场上悄悄帮他，可是他什么也没说，因为一旦你妖力散尽，他便有机会扼杀你的灵魂，让小兰真正地复活。"

语到最后，黛姬的笑声越发尖锐刺耳。她说，她之所以直到现在才来，为的就是看她跟方筝的决裂，有多爱便会有多恨，既然方筝宁可在边关厮杀一辈子也不愿回京城见她一面，既然她穷其一生也无法得到所爱，既然她注定会下地狱，那么不管是方筝还是小兰，她也统统不会让他们好过。

她说，公主又如何，花妖又如何，不管他们当中的谁，都敌不过那段死去多年的往事。

鸢禾知道，黛姬的话很可能是最残酷的真相，要说不在乎，要说不恨，对于她来说委实不太可能。

可是那是方筝啊，是她有记忆以来，会在黄泉岸边唯一跟她温柔说话的少年。

她如何舍得伤害他，又如何忍心让他美梦成空？

她在雪地里站了许久，直到暮色四合，她方才缓缓走到他身边，用已经冻麻木的指尖轻轻拉了拉他的袖口："方筝，如果黛姬说的都是真的，那我把小兰还给你。"

他张了张唇，似乎几番打算说些什么，可最终却在这簌簌大雪中化为无声沉默。

尾声

其他的双生花妖掠夺修为是为了修炼，可鸢禾掠夺修为一是为了用所有的力量斩断与鸢萝的联系以求不连累她，二却是为了……杀死自己的灵魂，让他喜欢的姑娘得以重生。

在寻到鸢禾的位置之后，我用缩地术带着鸢萝以最快的速度赶往了宁国边关。

可当我们赶到的时候，却依旧还是晚了。

鸢禾已经倒在方筝的怀里，用毕生修为重伤了自己，灵魂气息已经濒临消散的边缘。

看见鸢萝的到来，她连坐起来的力气都没有，只是用很轻很轻的声音对鸢萝说："阿萝，以后姐姐再不能帮你修炼了。"

鸢萝捂着眼抽泣，想到来时她对我说，她从小性子便极懒，若非因为鸢禾绝对不可能有修炼化形的那一天。我抬手准备摸摸她的头以示安慰，谁知她却眨眼间到了鸢禾的身边，一把将方筝推开，然后用指尖抵在鸢禾的额头，含泪笑道："姐姐，你可以为他付出一切，我也可以为你付出一切啊。"

那是我从来未曾想过的结局。

鸢禾为了方筝，把身体让给小兰重生。

而鸢萝却为了救鸢禾，亦用毕生修为将鸢禾仅剩的真元转移到了自己体内，以自身魂飞魄散为代价，终究创造了奇迹，救回了鸢禾。

从来便不只有爱情，才会让人奋不顾身，为了亲人，鸢萝亦是同样的无所畏惧。

小兰醒的时候，恰好风停雪止。

我看着已经变作鸢萝模样的鸢禾，出声问道："你还要留在这里吗？"

鸢禾看着方筝紧紧抱着小兰，似乎丝毫也不在意她的死活，脸上的神情渐渐从一开始的绝望转为波澜不惊的冷寂："不了，我要回去，妹妹不在了，往后的黄泉还缺人提灯。"

　　鸢禾离开得非常坚决，以至于到最后，她都没能看见方筝看着她离开的方向，一闭眼，泪如雨下。

第二卷
《雁归》

看戏的时候，不管戏中人身份差距有多大，我们都那样期盼他们能有情人终成眷属，却从没有谁问过，那之后呢？当娇俏美丽的小姐被艰难的生活磋磨成了鱼目，英俊软弱的书生是否还会一如既往地爱她？

楔子

由于动用了缩地术带鸢萝赶路，我的行踪便再度暴露。

一路追杀我的道士叫凌让，据说出生的时候因天降异像灵气之强震惊了蜀山，之后便被蜀山掌门亲自抱回蜀山收为关门弟子，现为蜀山年轻一辈的第一人。

也正是因为如此，所以他才格外针对于我，毕竟自从妖界大门被强行关闭了之后，人间便仅剩我一个上古大妖，唯有杀掉我，才能证明他的最强，还能直接扩大蜀山在仙界的影响。

可眼下我却并不想跟他有过多纠缠，只因雁归留在我这里的妖身居然开始有了破裂的痕迹……

第一章
风起

黄昏将近，地平天边红火中透着灰，眼看马上就要下雨，雁归只好站起身一边揉着早已酸痛不已的腰，一边将还未来得及洗的衣裳装进带来的背篓之中。

都说从简入奢易，从奢入简难，可真真当她习惯了这粗茶淡饭日日劳作的生活，却发现也不过是如此而已。

薛杨，薛杨。

只要一想到他的名字，她便觉得再多的苦也不算什么。

她的相公还在等她回家做饭，她必须快些回家。

可奈何天公不作美，她刚刚走了不过半里路，瓢泼大雨便忽地落了下来。

雁归担心刚洗好的衣裳又被大雨糟践，无奈之下只好护着背篓疾步跑向一旁虽破旧但勉强能避雨的祠堂。

刚一进去，外面便雷声轰鸣，不多时便又有宝蓝衫子的豆蔻少女捂着头发狼狈而入。她避让不及，便堪堪与少女撞了满怀。

"对不住，对不住。"察觉撞到了人，蓝衣少女跟跄跄退后了几步，又赶紧过来扶她，清丽的眉眼写满了愧疚，"我只顾着避雨，倒是不小心冲撞到姐姐了。"

"我没事。"雁归客气地对她笑了笑。饶是过了这么多年，她的礼仪举止依旧风流得体无懈可击，然而下一刻却在看见少女腰间挂着的一块玉佩时，神色突然大变，"妹妹身上这块玉佩当真好生精致。"

"姐姐也觉得好看吗？"少女微微扬起了嘴角，娇憨天真的模样像极了当年的自己，"这是易修煞费苦心为我找来的，自然与众不同。"

殊不知少女话音一落，雁归不止神色就连双手都忍不住微微颤抖了起来，隔了许久，她才在惊雷声中回过神，看着少女清丽的眉眼强笑道："虽然姐姐知道这个提议很失礼，不过妹妹可否把玉佩借与姐姐一观？"

却不曾想，还未等其解开，屋外便有分外熟悉的声音传来。

"娘子。"

雁归下意识地应声回头，便瞧见薛杨撑了一把紫竹伞风姿翩翩地向她走来，乌发青衣，面如冠玉。

"方才我回家后看见屋中有两把伞，便知道你又忘了带。"他接过她背上的箩筐，对着她微微一笑。

"这么大的雨，你怎么来了？"若是往常，雁归早已沉溺在了这样的温柔之中，可眼下也不知是不是她的错觉，总觉得薛杨出现未免太过巧合了些。

"你迟迟未归，我又怎能安心？"他侧头看她，仿若全然没有看见身旁明媚的少女，眉目间皆是深情。

"姐姐真是好福气，有这样一个会心疼人的夫君。"少女的笑意依旧天真，可四处乱瞟的眼神却恰恰泄露了她的慌乱。

恰好此时有着粉衣的丫鬟撑伞到了门外，她竟是连招呼也忘记了打，便匆匆离去。

第二章
云涌

次日，雨过天晴，本该是浆洗衣裳的大好日子。

雁归一早便醒，可不管怎么努力，都丝毫提不起半丝力气。

薛杨伸手抚了抚她的额头，语气格外担忧："娘子，既然病了今天便先休息吧，那些衣裳我先替你还给那些主顾，然后再给你抓些药回来。"

"如此，便辛苦相公了。"不过片刻，胸口也越发滞涩，雁归无奈只得又平身躺下。

"你我夫妻还客气什么。"薛杨笑着摇头不可置否，随即便站了起来，干净整洁的青衫仿若一汪晃动的湖水。

"等等。"

谁知还未来得及走出门口，便被匆忙下床的雁归拉住了衣袖："相公，早先我送你的那块玉佩呢？怎的没见你戴？"

薛杨的神色先是一僵，不过片刻，便又恢复成平日里温润的模样："那玉佩不是凡品，明眼人一看便知道，前些时候为夫还险些因为它而遭不测。虽说后来侥幸化险为夷，但毕竟那玉佩对你我二人有着极为特殊的意义，所以为夫才把它好生收捡了起来。"

真的是那样吗？

昨日她刚好看见那少女身上的玉佩，今日她的夫君便告诉她这样无懈可击的理由。

雁归垂眸许久之后，方才松开了手。

她因心头挣扎，所以放得艰难，可薛杨却恍若不知似的，还顿时松了一大口气。

随即，又翩然出门，直到傍晚才缓缓而归。

"是相公回来了吗？"虽说脑子一片混沌，可听见了开门的声响，雁归依旧强打起精神艰难询问。

"嗯。"薛杨应了声，点亮油灯后便又端着一只热气腾腾的汤碗走到了她床边，"娘子，你昏睡一日恐怕早就饿了吧，快来喝点鸡汤暖暖胃，一会儿我再给你熬药。"

白瓷的细碗，飘香的味道，那时她曾经无比熟悉，但如今却已是几年未曾见过的鸡汤。

"相公哪里来的钱买汤？"虽然腹中尤为饥饿，可雁归看着那香味甚浓的汤，神情却是一片复杂。

如果她没记错，在给他添置完冬衣之后，家里就应该再没有什么闲钱了。薛杨是书生，早些年中过秀才骨子里一直透着傲气，自他们离家出走以来，两人生活的重担便一直是由她扛起，而他亦只是如往常那般读书会友，从来不曾赚过一分家用。这鸡汤看似平常，却早已不是他们这种贫寒百姓能享用的东西了。

"我……"他在她明亮的目光下，先是慌忙闪躲了一下，又隔了一会儿，才有些结结巴巴地开口，"这……这是我帮城里一户富贵人家抄了些诗书后，用他们给我的工钱换来的。"

"哦？"她支着身子看了他半晌，终是淡淡一笑，点了点头，"不知是哪户人家出手这么大方？"

"绸……绸缎大户，苏家。"他干巴巴地应了一声，见她依旧是那副云淡风轻的表情，这才忍不住拔高了语调怒道，"娘子，你这话是什么意思？难不成我堂堂男子汉还会去做那鸡鸣狗盗之事不成？"

"相公这是说的什么话？我只是心疼相公的身子罢了。"她面容哀戚，盈盈眉目极是楚楚可怜，"现在我病了，也不知什么时候好，总归是怕拖累了你。"

见她服软，薛杨这才面色稍霁，柔声劝慰道："瞧你说的这都是什么话，还是快些把鸡汤趁热喝了才是。你素来身子底子便不错，想来不日应当便可大好的……"

闭了眼，任由他将鸡汤一勺勺喂入她口。

香醇之中，掺杂了丝丝苦味，就犹如她现在的心境。

绸缎大户苏家吗？

如果她没记错的话，那当家的苏大老爷好像是出了名的吝啬。

第三章
曾经

自那以后，纵使日日鸡汤养身，汤药不断，可雁归的身子却依旧不见好，每日里除了昏睡便是无法抑制的咳嗽。而睡也大多不能睡安稳，总是噩梦不断冷汗淋漓，如此一来原本玉兰花似的人儿很快便瘦得犹如深秋之际快要凋零的残菊。

但与此同时，薛杨却好似突然遇见了识他的伯乐，整日里早出晚归红光满面忙个不停，除了给雁归准备的补品药品外，时不时还会带回一些格外珍贵的物什，或是出自深海的白玉珊瑚，或是拳头般大小的夜明珠。而他的衣着也由原来最普通的青衣，换成了千金难求的雪蚕衣。

　　起初她才病的那段时日，他许是瞧着她的憔悴也别有一番丽色，倒还日日在跟前嘘寒问暖，可越到后来她的病越严重，原本丰盈的双颊也瘦了下去，锁骨突兀得仿若断翅之蝶，除了喂食喂药他便渐渐不再与她亲近，更到后来便索性找了一个模样清秀的丫鬟代他照顾她。

　　可丫鬟毕竟只是拿人钱财办事，再加上天性怠懒，所以往往薛杨在时她便尽心尽力地卖乖侍候；若薛杨不在，雁归自己又无力挪动，便经常一天到晚也得不到半口水喝。

　　有时她短暂清醒的时候，便会特别想念以前还在段家当小姐的时候，日日笙歌不知人间疾苦，饿了便有成群的奴仆替她准备各色精致的吃食，乏了便有无数珍器古玩信手拿来解闷，拿着金杯喂鸟，丢了明珠戏鸭。

　　父母恩爱，多年来段家便只有她这一个女儿，所以素来她性格便格外骄傲张扬。

　　直至遇见薛杨。

　　翩翩青衣少年郎，虽出身贫寒，却难掩风流才气，最初遇见时，他的谈吐风度便让她生生折服，而后又常常书笺往来，或吟诗作对，或互说一些日常心事，她便越发信赖于他。后来她不顾礼节强拉着他作陪踏青，不小心被毒蛇咬了一口，他心急如焚竟也不顾自己的性命安危，直接用嘴替她吸毒。事后她祛毒及时没什么大碍，反倒是替她吸毒的他，由于吸入毒素太多，差点就见了阎王。

她泪眼婆娑地问他怎会那样傻，他却只是微笑着告诉她，只要她无碍，饶是他付出性命也值得。

她长那样大，对她千依百顺的那样多，对她阿谀奉承的那样多，他却是唯一一个，把她放在心尖上，视她如命的男人。

她就愿意跟着他，哪怕从此布衣木钗相伴，辛苦劳作相陪，只要有薛杨在她身边，她便什么也不怕。

犹记得她坚持要走的那日，乌云遮了日头，她爹把素日里她最喜爱的青花瓷摔裂在她身旁，目光失望而又愤怒地看着她说："你只想着如今寻到了你的爱情，却又可曾想过贫贱夫妻百事哀？你觉得你可以无悔地跟他度过一生，却又可曾思量人生难言人心难测？"

而她又是怎样回答的？

只要一思索，脑袋便炸裂般地疼。雁归缓缓抬手，闭着眼揉了额头良久，这才依稀想起，自己当时好像神情倔强地说，她信薛杨必不会负她！

费力地睁眼看着油灯下男子把玩着明珠喜不自胜的脸，看着他颈侧还未来得及擦去的胭脂印，雁归有些自嘲地笑了笑，她竟是怎样也无法把当初那样笃定的自己，跟现在残酷的现实联系起来。

手中书信因年头已久的缘故，已经开始呈现出淡淡的黄色。

也正是因为这样，所以落笔之处的"易修"二字才格外清晰而又讽刺。

那每字每句都是她珍藏多年的爱恋，如今却成了残忍的宣判。

如果她没记错，那天的少女是用那样坚定而喜悦的口吻说过，那是易修煞费苦心为她找来的，自然与众不同。

是了，她怎么能忘记，当初那个一心把她捧在天上的少年薛杨，便小字为易修呢?

第四章
恶果

其实在她与薛杨一起私奔出来没多久，她便晓得，他也许远远不如她想象中的那么完美。

他有才华，却不肯脚踏实地地向前，只想着一步登天，再加上又总拉不下面子如那寻常男子一般赚钱养家，所以生活的重担便落在了她一个人的身上。

原本纤白如玉的双手，在无数的浆洗中磨得粗糙不堪；原本明艳骄傲的性子，也已在生存的威压下被磨得平和圆润。没有丫鬟，她便学着自己绾发缝补；没有厨娘，她便学着自己烧火做饭。她为他忍耐着、改变着，但往往换来的不是他的感动和体贴，反而是日渐增多的抱怨，或是说她往日姑苏第一美人怎会变得如寻常妇人那般，为了一两块铜板跟人斤斤计较丢了他的脸；或是埋怨她做菜寡淡无味，一点也没有书中那些红颜知己的十面玲珑。

也不是没有想过结束，可往往一想到他曾经待她的好，想到他偶尔心情好时无微不至的体贴，想到他为她用心写过的诗，深情画过的画，她便舍不得。

所以纵使一早便发现端倪，她也不曾揭穿，甚至有些疲惫地想着，他总归还是愿意骗她，也都还是好的。

但她却万万没有想到，她曾经以为的良人，那些温润如玉的表皮之下，竟隐藏了那般恶毒的心肠。

她知道她的病肯定是因他而起，也知道他也许外面早就有了其他相好的姑娘。

如今见她重病在榻，已无力回天，薛杨竟索性把那姑娘给带回了家。却不曾想，他勾搭到手的竟是绸缎大户苏家的长女——苏锦绣，亦就是曾经那个大雨夜与她有过一面之缘的娇俏姑娘。

"我就知道我的病，从来便不是什么巧合。"看着油灯旁执手相依的两人，雁归觉得心里格外悲凉，"所以，这些天我喝的鸡汤喝的药，其实一直便是你们给我的催命符？"

言辞激动间，又忍不住剧烈咳嗽，饶是捂着嘴角，也有大摊猩红的血迹顺着指缝大滴大滴砸落在地。

"姐姐，不要怪我们心狠，要怪就怪你自己。"少女挽着薛杨的胳膊，语气满是骄傲和理所当然，"就是因为有你在薛杨才会受苦，他那样聪明出色的男子，是不应该一辈子待在这乡下的，只有你死了，他才能娶我，只有娶了我，他才能拥有他想要的一切。"

她以为他对她说过的，最想要跟她白首到老，便是真的。

她以为她给他的，便是他想要的。

她以为他偶尔对她的些许体贴，便是心里有她的。

其实这么多年，原来不过都是她以为。

而她的薛杨，她从来不曾看懂，从来不曾……爱过她。

又或许他爱过，但他爱的也只可能是曾经高高在上的段家小姐段雁归，而不是如今这个平淡无奇的村妇。

她强撑着自己坐了起来，似乎想要执着地去抓住些什么，可最终却因为后继无力，终究还是再度跌倒在床侧。

她捂着脸，似在极是伤心地流泪，可再抬首时，却又换作了唇角上扬的轻轻一笑，说不出的讽刺，也说不出的嘲讽："薛杨，原来这才是你真正想要的，对吗？"

她的目光，是说不出的明亮透澈。想到毕竟多年夫妻，薛杨颇有些不忍地别开了头，可一瞧见苏锦绣不悦地嘟起了嘴，往日烟云便刹那间消失不见。

为了他的前途未来，也为了眼前的如花美眷，薛杨再不曾犹豫地对着下人吩咐道："早先叫你们准备的棺材，可都准备好了？"

她知道他们不会放过她。却还是没有想到，他们居然会那般残忍。她还没有断气，他们等不急想看她死亡，送她上路。

明明已经告诉过自己，就算是死也要保留最后的一点尊严。

可真真听见薛杨那样残忍无情的话，胸口却依旧痛得难以呼吸。

棺材很快便被人合上，棺材钉也死死嵌入了里面。

无尽黑暗中，她听见他说的最后一句话是："绣绣不要生气，她不过就是一个死人了，你还同她计较些什么？"

棺材盖离她的距离那样近，可任凭她用尽所有的力气也依旧没有办法推开半分，连带着最后的质问也湮灭在无尽的黑暗之中。

很久以前，在她跟着薛杨私奔的时候，她曾经对自己发过誓，这是自己选择的男人，不管他以后对她如何，她都不会恨他。

可如今，听到了他最后的话。

雁归却才晓得，原来自己远没有当初想的那么伟大。

而她自己选择的爱情，也终究走到了尽头，面目全非。

第五章
不甘

那么黑那么长的一段路。

雁归以为自己荒诞的一生终于可以结束。

却不曾想，路的尽头迎接她的却并不是永恒的黑暗。

而她以为的重获新生，在明白之后，却是比死更可怕的存在。

看着那丑恶下人跟那浓妆艳抹的女人谈妥价钱之后，她越发绝望。

原本薛杨是想要她死的，因为只有死人才不会对他的未来有任何威胁。

但苏锦绣却嫉妒她的美貌，嫉妒她曾经占有了薛杨最美好的年华。所以让下人把她盯进棺材之后，便折转离开坟地将她卖到了妓院。

整个金陵最有名气，亦最无法逃脱的妓院。

在很久之前她便听闻楼里的妈妈极是聪明歹毒，抓住了天下最有名神医的把柄，不管楼里任何姑娘寻死，只要还有半口气，都能将其救活，然而再迎接她的，却是比地狱还要可怕的刑罚，接最老最丑的客，干最累最重的活，时时刻刻生不如死。

对薛杨的不甘，对苏锦绣的恨，终于在那一刻达到了顶端。

也正是因为如此，雁归留在我这里的妖身才会因为绝望而产生破裂，当我寻到她的时候，她已经冲破封印想起了一切。

雁归的真身是一只白鹅雁，昔年她成妖化形时曾被跟她有着一样名字的段家小姐段雁归所救，之后为报恩便一直留在其身边想护她一世平安。也正是因为跟段家小姐在一起甚久，她的性格偏好也跟段家小姐越来越像，当段家小姐爱上薛杨的时候，她亦跟着动了凡心。

只可惜段家小姐身体自幼孱弱，还未来得及等到跟薛杨私奔的日子，便因为家人的不理解郁郁而终，她不忍段家二老白发人送黑发人，也不忍薛杨伤心，便求了我给她分离妖身，用段家小姐的身份继续活下去。甘愿为他抛弃一身修为放弃妖身和那漫长的寿命，以一个普通女子的身份跟他白首偕老。

"自古多情妖魅薄情郎，姑姑很早便劝过我，只可惜我到现在才明白。"她抬头看着我，眼泪簌簌而落，让人说不出的心疼。

"你的妖身我一直用秘术给你保存着，若你想回来，我随时都可以帮你。"

毕竟凡间的须臾数年，于寿命漫长的妖魅而言，不过是刹那的事情，时间能够抚平一切的伤痛。

可我却不曾想，雁归却是坚定地摇了摇头："姑姑，我不甘心。"

她不甘心痴情错付，也不甘心任由薛杨和苏锦绣逍遥法外，所以她终究还是拒绝了我的提议，留在了人间。

虽说雁归曾经一心疯魔痴傻地爱着薛杨，却并不代表她是天生的愚笨。

既然一切的反抗都是徒劳，那她又何必做那无用之功，反不如一切听天由命，努力学习好一切的东西，做这楼里最红的花魁，只有这样才能避免时时接客，亦只有这样才有资格选客人讲条件。

而对于这样美貌且善解人意的姑娘，妈妈自然尤为喜欢，不仅衣食住行给她最好，就连她日后挂牌也都细细讲究。

虽说雁归曾经嫁过人，但一个倾国倾城愿意天价接客的花魁，永远比吊着身价佯装清高的花魁来得更为可贵。

再加上妈妈极为有远见，早在雁归还在学习的时候，便着人四处散播消息说楼里来了个天仙似的美人。所以当雁归第一次挂牌的那天，楼上楼下的每一个角落，都挤满了金陵城的达官贵人。

而她也终究没有让所有人失望，一曲清歌宛如天籁，仙音绕梁余韵不绝；一支泓舞又如九天玄女落凡尘，动了人心勾了人魂。

出场便是天价，但所有人都义无反顾，因为她值得。

雁归提条件，今晚的恩客要年轻英俊、风流多金。若是面容普通的寻常妓子，恐怕恩客们早就有人拂袖而去，可偏偏雁归是绝色，纵使条件苛刻，众人亦觉得理所当然。

最后一路斩兵杀将，得以来到她房间的，便是花弄月。

金陵第一富商的独子，号称金陵第一公子的花弄月。

她不言，他不动。

良久，雁归才听他轻轻一笑道："你没死，我很高兴。"

"你在金陵耳目遍地，不可能不知道苏锦绣跟薛杨在一起。"雁归淡淡地开口，声音听不出任何的喜怒，"可你什么都没做，任由他们差点逼死我。"

"若非如此，你又怎能看得出薛杨那个伪君子的真面目。"折扇微拢，花弄月倾身上前举止轻浮地挑起了她的下巴，"段雁归，当年我便说过，你迟早会是我的。"

不管用什么手段。

不管过程她会有多么凄惨。

只要他能达到最后的目的，只要他是最后的赢家。

这便是，花弄月。

亦是她费尽心思想要引上钩，有绝对实力能帮她报仇的男人。

若她恢复妖身，这一切再好办不过，可眼下她即为凡人，便要遵循这世间的规则。

"你决定好了？"他戏谑地看她。

她云淡风轻地点头："向我证明你的实力，我只会跟最强大的男人。"

她不是圣贤，所以不可能在被伤害、被辜负之后，还任由那些伤害她的人轻松自在地活下去。

第六章
复仇

因料想着苏锦绣肯定会派人监视她，所以一夜春宵之后，雁归并没有跟花弄月回家，但从今往后起她也不必再接待其他客人。

花家是富商身份不假，可花弄月的妹妹却是宫里最得宠的贵妃，因此金陵公子花弄月包下的人，除非是他自己弃之如屣，否则没有任何人胆敢随便觊觎。再加上十万两每月的包银费，也足够让妈妈笑得合不拢嘴，自是不敢再对她有其他想法。

再者花弄月本来便是金陵城里出了名的风流公子，雁归生得又美，他会对她上心，本就理所当然，所以苏锦绣的人并没有察觉任何异样。

腊月初八，苏州城银装素裹，苏锦绣费尽心思，用万两黄金替薛杨捐了个九品芝麻官。

次日，薛杨乌帽纱衣意气风发地上任，又于当日傍晚带着不菲的嫁妆去苏家下了聘。苏锦绣喜极而泣，苏老爷虽神色不可置否，但也敌不过爱女的以死相逼只得不情不愿地同意。

腊月十五，薛杨红衣白马如愿以偿地娶了苏锦绣，入赘了苏家。

当晚苏家张灯结彩热闹万分，而花弄月却早早退席，携了雁归在自家院子里赏月饮酒，对隔壁繁华充耳不闻。

"我原以为你应当会从中破坏。"但见新人笑，早亡旧人哭。

雁归饮了一口杯中的忘忧，神色说不出的哀婉："如今薛杨既然已经进了苏家，往后要再从中破坏恐怕就难了。"

伸手替她抚了抚鬓边的碎发，花弄月却微笑着摇了摇头："雁归，你记不记得我很早之前便对你说过，其实你一点也不懂薛杨。"

酒韵很快上脸，她双颊绯红地看他，眸中略有不解。他伸手揽她入怀，笑容淡然："其实薛杨自己也晓得，他没有背景要入仕升迁肯定难上加难，而如今他虽然娶了苏锦绣，可说到底他也不是苏家的男主人。若他还想要继续往上爬，则必然需要有更大的权力花更多的钱。而苏老爷一生视财如命，倒也未必能如他所愿。"

薛杨又极为自负，若苏老爷拒绝他，恐怕他表面不说，背地里却也会心生芥蒂。而苏锦绣空有一副好皮囊，却也是个有头无脑唯薛杨是听的蠢物。

如此一来，只需旁人略微煽风点火，苏家看似无法撼动的大树，便会以极快的速度倾塌。

"人心不足蛇吞象。"话到最后，花弄月极是亲昵地点了点她的鼻尖，"雁归，千万不要小看一个男人的野心。对于足够聪明的男人而言，女人从来便不是他的全部。"

许是因为天上月色朦胧，又许是因为美酒醉人，雁归难得有兴致，抬眼看着花弄月轻轻一笑，问道："那你呢？"

他含笑，却避开她直接的目光，转而把脑袋搁在她的颈窝，似极为满足地叹道："我有雁归，已足矣。"

余音袅袅，是真是假，无从分辨，可雁归却分明听见自己已经枯竭的胸口，却再度强而有力地跳动了一下。

而后的一切也恰如花弄月所说，薛杨当了两天处处受制于人的九品芝麻官，非但没有满足，反而觉得自己空有一身才华无处施展。恰好此时花弄月又在花苏两家聚会的时候无意透露，有个正五品的官职空缺，黄河闹灾上头急需银子周转。薛杨心念一动，觉得自己扬眉吐气的时候到了，所以立马便回去要求苏老爷再拿钱替他买官。

可苏老爷原本白手起家时历经辛苦，如今虽已大富大贵却始终不愿多花闲钱，更何况他一早便认定薛杨只是个徒有其表的小白脸，所以薛杨这厢一开口，那厢他想也未想便道了句不可能，就算苏锦绣在一旁哭得梨花带雨肝肠寸断，他也不曾松口半分。

薛杨觉得苏老爷看不起他，从来没有把他当过自己人，但奈何自己终究已经入了苏家不能当面顶撞，因此便把所有的怒气都发了苏锦绣身上。

精致华丽的堂屋，是曾经两人执手相许的新房，如今却成了利益冲突下的修罗场。

"贱人，这便是你许我的锦绣前程？"薛杨愤怒而又轻蔑地开口，字字诛心，句句无情。

可怜苏锦绣原本以为自己嫁的是温润如玉的翩翩佳公子，却不曾想夫妻未过百日，便察觉原来一切都是自己想得太好。她性子本来就烈，所以每每薛杨一发脾气她便丝毫不惧地与之对抗，但奈何她本就是娇弱女子，纵使使出浑身解数也不能奈何自家相公，因此经常旧伤未好便再添新伤。

而苏锦绣的种种举动，又让薛杨觉得她蛮横无理一点也没有当初在一起时的风情善良，再加上花弄月经常有意无意地便让坊间有名的琴娘沫儿与之解忧，所以时间一长他便更觉得苏锦绣蛮横无理让人厌烦，从此夜夜流连青楼楚馆。

苏锦绣曾经对薛杨有多痴情，如今便对薛杨有多寒心。但即便如此，她却还是舍不得伤害他，只是让小婢带了刁奴去弄花了那琴娘的脸。若换作以前，不过是段露水姻缘，以薛杨的薄情倒也不至于放在心上，可巧的是那琴娘恰好在当时怀了他的孩子，又恰好不能忍受自己成了一个丑八怪，毁容的当晚便投河自尽。

薛杨由琴娘联想到之前买官不成，越发觉得苏锦绣没有把他放在眼里，越发觉得苏家欺人太甚，因此当晚回去之后，便不顾夫妻情意对苏锦绣大打出手。

至此，苏锦绣终已绝望。

脂粉花丛，莺声燕语，雁归站在最高的位置淡漠地看着苏锦绣对薛杨神色温柔地拔刀相向。

"薛郎，我不想恨你，所以我们一起去死好不好？这样就不会有痛苦，也不会有仇恨了。"

"你这个疯子！"

手被猛地刺伤，薛杨红着眼又痛又怒，猛地出手扼住了苏锦绣的脖子，她既不仁，那也休怪他不义。苏锦绣挣脱不能，不过片刻便撒手人寰。

见手中之人逐渐失去力气反抗，薛杨先是一阵得意，直到苏锦绣的体温逐渐下降，他才猛然颤抖着身子清醒。

可人，却早已断气多时。

意识到自己杀了人，薛杨想也未想便连夜仓皇逃走。

而发现自己女儿无辜惨死，苏老爷亦痛彻心扉。

世间最凄凉的，莫过于白发人送黑发人。

所以尽管苏老爷花了无数银子，将薛杨捉了回来绳之于法，可终究还是避不了伤心一夜白头，再没有心力去看管苏家的生意。

原本金陵巨贾之家，不过短短数月便树倒猢狲散，而花弄月更是趁此机会接手了其门下的所有生意。

至此，纵横金陵多年的苏家，终于全然衰败。

"这样的结果，你可还满意？"洁白梨花簌簌而落，很快便铺满了树下新坟，花弄月折扇轻摇，看着已经在坟旁站了好几个时辰的女子，浅浅弯起了唇角。

坟冢中的男子，曾是她青春年少时，所有的记忆与美好。

就在前不久，她还曾在油灯下素手替他缝补衣裳，听着他的抱怨,与他絮絮说着话。

可如今,不过一场隆冬,却再也寻不了过去,回不了当初。

这应当是她想要的结果罢。

他负了她,她报了仇。

"他在的时候,我恨不得他死。可他真的死了,我却发现,原来自己并没有想象中的那样高兴。"雁归努力向上扬着嘴角,似乎在笑,可眼角却有大串泪珠不住地往下落。

花弄月怔了怔,良久,才叹了口气,苦笑着将她拥入怀中:"雁归,人生路你不过才走了清苦的一段,余下的日子给我一个机会,让我照顾你。"

春日暖阳下,男子清俊的眉眼熠熠生辉,她的眼泪浸湿了他的华衣,但十指相扣的手,却是从未有过的暖。

她想,也许一个妖精,也能在历经千帆后等来最真挚的爱情。

第七章
如是

可却不曾想,得知花弄月想将她迎回府的那夜,竟有身着华衣的女子带着一众奴仆寻到了她。

"我倒要看看,没有了这张脸,你还要拿什么来勾引弄月!"

那样熟悉的话,那样恶毒的脸。

就跟那晚苏锦绣携着薛杨,来取她性命时一模一样。

也直到那时，她才知晓，原来花弄月早就跟其他女子有了婚约。

她想要反抗，却又无能反抗，只能眼睁睁地看着那个女人，用匕首从她的眉梢用力划到了眼角。

余光扫到对面明亮的铜镜，里面出现的女人满脸是血，不似鬼却比鬼更为可怖。

原本她在这世上，最后还有点价值的东西，也终究还是没了。

是报应吧。

被妈妈赶出楼后，雁归恍恍惚惚地想。

毕竟在这次复仇里，最无辜的女子，便是被划花了脸惨死的琴娘。

可琴娘比她好的是，最终她许过的男人，不管出于什么原因，都为她报了仇。

但花弄月却对她说，他无能无力。

他不能为了她去指责那个对他前程大有帮助的女子，甚至连娶她进门这样的诺言，都再没办法实现。

"花弄月，这辈子我就只问这一句，只问这一回。"依旧还是那株梨树，但光秃秃的枝头却早就没有了那胜雪的花。雁归目光灼灼地看着眼前翩若惊鸿的男子，隔着蒙面的白纱让人看不出喜怒，"你曾经想要我，是因为段雁归这个人，还是因为段雁归曾经那张脸？"

她问得直白，没有丝毫遮掩。

他动了动嘴唇，终是在她明亮的目光下，别开了眼："雁归，我会找人好好安顿你的，她答应过我往后不会再来找你麻烦。"

有时候没有回答的回答，其实比残忍的直白，更加让人难过。

因为那是最后的温柔，是不愿意撕破脸的慈悲。

"姑姑说得对，自古多情妖媚薄情郎，没有了如花美眷，又哪儿来的似水流年？"

看着花弄月毫不犹豫离去的背影，雁归起初只是捂着胸口痴痴地笑，可笑着笑着，一抬手，却发现自己早已满脸是泪。

这是一早便料到的结局，纵使万分心痛，可也只有无可奈何地接受。

这也是她给自己在留在红尘的最后一次机会。

可他却依旧让她失望了。

尾声

时年七月，花家被人密告谋反，天子震惊之余，按照密告所说的位置——派出密探，竟无一例外都发现了私铸的兵器和无数的金银，以及绣工精美的龙袍。

被自己最宠爱的妃子娘家算计，天子的震怒可想而知。

清朝野，诛九族。

无数去观过刑的百姓都说，东街菜市的血都快没过脚踝了。

在场的人，都被那滔天的腥气熏得嗷嗷大吐。

唯有雁归一袭华衣，亭亭玉立地站在那儿，分明唇角弯弯地在笑，可眼底却是汹涌压抑的伤。

年少时的爱情，不过是她一厢情愿的一场旧梦，梦醒了，才知道原来薛杨爱的，从来都只是披着段家外衣的段雁归。

再之后让她再度动心的花弄月，看穿了，也只是处心积虑的阴谋与利用，以她为借口，对苏家下手，吞并了苏家所有的生意，掩盖自己的处心积虑。就算他喜欢过她，也仅仅是喜欢段雁归的那张脸，而非她真正意义上的这个人。

最后已经抛却凡人身份重归妖身的雁归对我说，因那个女子的到来，她便已经彻底明白了花弄月的野心和打算，她本想着，若他真的能与她一起，就算她冒着魂飞魄散的危险也会保他一世平安。

只可惜，最后无论是薛杨抑或是他，都选择了前程，抛下了她。

微风拂过，白纱飞舞，雁归隔着漫天绯红，隐隐约约仿佛看见，年少时的薛杨身着青衣缓缓向她走来，越来越近，恍然间，却又变作了花弄月俊俏精致的脸。

然而她伸出手，却只握住了一片虚空。

第三卷
《海妖》

天地初开，海陆分离，鲛人瑰宝横空现世，无数贵族为之疯抢。陆人贪念其瑰宝，费尽心机来到海底，造就无数杀戮。后终得以平静，鲛人少女偷出海面救了少年霜华，两人倾心相许，却不是止战之殇，而是噩梦的轮回开始。

楔子

南海之外有鲛人，水居如鱼，不废织绩。其眼泣，则能出珠。

——《搜神记》

自打有出海的商人于偶然处在南海被鲛人所救，又得鲛人馈赠的鲛珠、鲛纱作为礼物带回东陆得皇帝重赏贵族青睐之后，但凡稍通水性的人便纷纷伐木造船随着商人描述的梦幻国度雄心而去。

鲛人本是性情温和善良的种族，素日又常居海外甚少同其他种族接触，所以并不知陆人居心，反而热情地接待其到来，也尽量满足这些远来之客的要求。

可远道而来的陆人却不满足于这些珍贵的馈赠，他们耗费数年时间造船，又冒着生命危险出海，为的当然不只是到手的这些东西。

既然鲛珠不易得，鲛纱不易纺，那如若将这些美丽的鲛人带回去，自己又是不是可享毕生的富贵荣华？

起初陆人们因不知晓鲛人深浅而不敢轻举妄动，可随着他们在这片海域逗留的时间越长，心中的贪念也越发强烈，最后终于月圆之夜，鲛人们集体对月朝拜之时，开始了惨无人道的掠夺和屠杀。

鲛人不善战，族中除了纺织的织架及柔弱的身躯再无一样可抵抗伤害的东西，而陆人们却由于早有居心，各种刀剑毒药层出不穷，屡屡一经使出便让没有多少还手之力的鲛人死伤无数。

若非鲛人一族善游，又有年纪老迈的鲛人自愿留下拖住陆人，鲛人一族许是就此灭亡于陆人的贪欲之中。

可饶是这样，真正能够成功出逃存活的鲛人，最终也不过仅剩原本族中十分之三。

至此，鲛人一族元气大伤，终年潜居于深海，与陆人交恶，且也不会再对误入深海的船只施与援手。甚至更有双亲惨死的鲛人，经常浮出海面，用美貌和歌声迷惑船只误入暗礁深处沉没。

第一章
鲛人

若要追溯我与凌让这个臭道士的初次交锋，便不得不提及当年从京城开始爆发后来险些席卷整个中原的那场瘟疫。

事情的起因是安亲王府生平最喜欢瞎折腾的世子月坠不知从何方古籍上看到了关于鲛人的传说，然后便一直对美丽的鲛人分外向往，并且坚定地相信他们一定还有族人残存于世。

毕竟这个世间相信传说的人太多，本来也是无甚平常的事，可偏偏这月坠有一个死对头叫季洛，是季尚书的独子，两人从小便不对眼。是以月坠在与旁人大谈鲛人的百般神秘和美好之时，季洛便拎了一壶清酒长身玉立地站在一旁冷哼："古人闲来无事随意杜撰之物，竟也当真会有傻子相信。"

"姓季的，你说谁是傻子？"自己美丽的梦想被人污蔑，月坠立马重重一掌拍在桌子上，随即站了起来，冷如寒冰的眼刀嗖嗖地直往季洛身上猛扎，"你又没见过鲛人，又怎的能断言便不存在鲛人？"

若是往常倒也罢了，可偏偏当时因为他们争论的动静太大，不少美貌如花的官家小姐也都纷纷前来观望，因而一向把面子看得比性命更加重要的安亲王世子为了证明自己观点的正确性，当下便于众人面前赌咒发誓说三年之内定会带回一个真正的鲛人，到时候一定要让季洛这个所谓的内阁大学士再不敢提"见多识广"四个字。

在场诸人早就对月坠的脾气了如指掌，所以对他不知道第多少次的赌咒发誓只当是个玩笑，听完转身就给忘了。

只是没有人能料想到，一月之后，他竟真的不知从何地方买了一艘海船，当下便于最近的渡口带着数百仆人风风火火地起航了。

如此一晃，又是三年。

在所有人都快将这件事遗忘的时候，已经从俊美少年长成了翩翩公子的月坠，竟真的带回了传说中的鲛人！

那是一口巨大的水晶缸，由左右各二十个腰粗臂圆的汉子小心翼翼地从船上抬下，因为水晶在阳光下分外清透，而那水晶缸又委实太过巨大，所以当时在场的所有人，几乎一抬头便能轻易将缸里面的情况看得一清二楚。

比天空还要纯净的蓝色海水，殷红如血的珊瑚树，随波摇曳的水草，以及长发及腰躲在珊瑚树后瑟瑟发抖的鲛人少女。

纤细精致的容貌，不断从眼眶滑落的圆润珍珠，比黄金更为耀眼的鱼尾，每一寸都完美到让人惊叹，每一分都与传说无比契合。

直到很久之后，见过那一场景的人，都忘不了那美丽的鲛人姑娘和人群震耳欲聋的欢呼声。

第二章
噩梦

安亲王世子风光归来，且带回了传说中的鲛人姑娘这一传闻，很快传遍了京城的大街小巷。

起初众人赏花赏月赏鲛人倒都宾主尽欢不亦乐乎，可渐渐竟有人开始摇摇晃晃地晕倒在地，起初众人还以为是谁家儿郎不甚酒力，但越往后竟连滴酒不沾的夫人小姐甚至连稚龄的小童都纷纷倒地人事不省之时，人群才立马骚乱了起来。

"爹……"

"老爷……"

"女儿……"

每个人都一脸着急地想要寻到自己的至亲好友，可无论是他们当中的谁，在渐渐奔走的同时亦开始出现同样的状况，先是晕倒而后浑身变蓝面露死气，如死去一般再没有了任何反应。

而那遍布周身的蓝色，更是说不出的妖异，仿佛会流淌的海水，竟时明时暗。

变故如此突然，不过眨眼原本熙熙攘攘的安亲王府瞬间便寂静得仿若鬼域，而与此同时整个京城竟也有许多处地方都开始纷纷出现这种情况，就连皇宫内院也没能幸免。

彼时我刚到人间不久，急需召集妖族同伴借助他们的力量打开重回妖界的混沌之门，所以听闻此消息便立马匆匆赶到了京城。

本着做人一定要低调的原则，我还特意用一块瞒天佩遮住了身上的妖气，打算从城门处进入，可当我走遍东南西北四个城门发现都被重重盔甲重兵和弓箭手把守，且只有想要拼命跑出城的人并没有一人进城这种情况后，我便放弃这种会引人注目的方法，转而寻了一处偏僻的角落用穿墙术进入了城内。

然而却不曾想，这偏僻处好死不死地恰好对应着安亲王府的院子，我刚一显出身形，便有起码二十个以上穿着白色蜀山道袍的道士目光炯炯地向我扫来。

"妖女，好大的神通，居然能破开师祖爷爷的结界闯入这里，想来四处为祸凡间的便是你了吧。"

他们这么一说，我方才想起自己穿墙而入的时候好似遇到过一层无形的阻拦，且有些力道和讲究，要困住凡尘的妖倒是绰绰有余，只可惜对我没有任何用处。

但凡上古时期能够存活下来的妖，大多都强大得超出了人类的想象，差不多已经成了与天同寿的存在，若非妖界那一战耗费了我大半的力量，那层结界于我而言压根就不会产生一点感觉。

虽然我不欲惹事，可毕竟已经进入了安亲王府，而那巨大的水晶缸就在我的面前，箭在弦上不得不发，我委实没有退却的打算，而面对他们突然齐齐地动手，我不想浪费太多的时间，便弹指用数道妖风将他们卷出了安亲王府。

月光如水倾泻了一地，戏台之下是遍地面泛死气的绝望倒地凡人，可是戏台之上的水晶缸却柔波荡漾好似单独于这片天地开辟出的另外一个世界。

"陵鱼。"

起初见我走近，她连头也未抬便划着鱼尾躲到了那株殷殷如血的珊瑚树后，开始用胳膊抱住自己的尾巴，好似害怕而瑟瑟发抖，直到我开口唤了她一声，她方才再度游了出来，而在看清楚四周并无任何道士生人之后，起初的怯弱也一扫而光，转而垂眸十分恭敬地对我唤了一声："素卿姑姑。"

"当初听闻鲛人现世，我还不确定是你，直到传闻京城爆发了蓝色瘟疫，我才知道是你回来了。"

直到现在我还清楚地记得，当年我跟着师父在南海之底最初见到她的时候，除了满是恨意的小脸以外，浑身上下竟找不出一块完好的地方，看上去极是惨不忍睹。

妖类之间最能清晰地感觉对方的强大，是以当我们出现的瞬间，那看似奄奄一息好似随时都会死去的小姑娘竟然拖着一地的血痕爬到了他们面前，用已经变为森森白骨的双手攥紧了师父的衣摆，因为没有舌头，所以她说不了话，只能一下又一下不住地对我们磕头求救。

在随着师父东奔西走的那些年，我见过各种各样的妖族，却是第一次看见落到如此地步却依旧顽强求生的鲛人姑娘，我惊叹于她的顽强，敬佩她的傲骨，所以最后便求了师父出手相救。

"这千万年来，你好不容易才在南海之底重筑其骨重补其身，却为何仍要执迷不悟？"

对于这个鲛人小姑娘我总是有说不出的心疼，想当初饶是有师父的极力救治，可奈何她身上的伤势委实太重，就算她能熬过去，要想恢复也需要相当漫长的一段时间，且整个修复的过程一刻也不会停止疼痛。

那般痛苦的过程就算仅靠想象，我也知道那该有多么难熬，也正因为如此，所以当初在我离开南海的时候才会再设下禁制，想的不过便是她能忘记仇恨好好活着。

可她到底，还是出来了。

第三章
如梦

不管再深刻的仇恨，经过时间的循环往复都会沉寂淡化，再加上出海的艰难陆人到来的减少，后来平静时期出生的小鲛人们依旧充满着对陆地的憧憬。

刚出落成少女模样的陵鱼便是在这样强烈的憧憬驱使下，避开对月朝拜的族人悄悄浮出了海面。

　　月光如水，浩海如烟，那是她想象过无数次的海面，如今就真真出现在她眼前。陵鱼贪婪地看着眼前的美景，似乎要把这一切深切地刻入脑海。

　　然而海面变化无常，往往上一刻晴空万里，下一刻却会突然狂风大作，因此也不过一两个时辰的光景，狂风乌云便黑压压而至。

　　因海底素来平静无波，所以纵使随着巨浪颠簸，她也觉得是极为新奇好玩的事。

　　却不曾想，正当她玩得兴起之时，却突然听闻有人艰难求救的声音。

　　虽说族中长老一再告诫于大海之中遇见陆人绝不可救，可陵鱼却无法眼睁睁地看着那人在自己面前溺毙。

　　眼看着少年呼救的声音越发微弱，即将沉入海底，陵鱼终是忍不住快速游到了他身边，又耗费了一夜的工夫将他救到了岸边。借着风平浪静后的曙光，好奇地打量着他好看的眉眼和与鱼尾完全不同的双腿。

　　却不曾想，原本应该还在昏迷的少年却突然睁开了眼，且在陵鱼惊慌失措还未来得及跳回海里之时，用力抓住了陵鱼的手，直到陵鱼张嘴狠狠咬了他胳膊一口，他方才松了手，喃喃自语："原来竟不是梦，南海真的有海妖，而我竟真的被海妖所救……"

　　陵鱼刚开始还在害怕，察觉到少年并没恶意后，才忍不住止了逃跑的动作，扑哧一声笑了出来："我竟也不知，原来在你们陆人眼里，我们鲛人也竟都成了妖。"

鲛人一族无论男女皆有着让明珠都黯然失色的美貌，而陵鱼这一笑更是如芙蓉摇曳灿烂不可方物。少年又呆呆地看了良久，直到浪花打来凉意浸身，这才红着脸有些不好意思地讷讷道："是霜华唐突姑娘了，敢问姑娘芳名，救命之恩他日定当来谢？"

"你拿什么谢？"柳眉一挑，陵鱼抚着水草般柔美的乌发哼道，"且不说你们陆人那些俗物本姑娘看不看得上，单单是你还没入海便死了这点，你又怎么来海外谢我？"

霜华又是一愣，隔了好一会儿才揉着额角露出一抹苦笑："如此一来，倒是在下万死也报不了姑娘大恩了……"

"那也未必。"话还未说完，便被陵鱼清脆的话音截了过去，"若你真有心，便每月十五都带上一些你们人类的吃食来这海边，兴许本姑娘心情一好也就勉强看得上了。"

"好。"

少年答应的声音莫不欢喜，而如愿以偿的陵鱼也离去得格外欢快。

至此以后，每每到了月圆时节，陵鱼便会悄悄溜出海底，而霜华亦会带着各种精致吃食在海边准时赴约。

虽说种族不同，可两人皆是性子纯净之人，因此一来二去熟悉之后，便很快步入了患得患失的情窦初开。

可天下毕竟没有不透风的墙，更没有不被撞破的秘密，两人的

059

私会很快便被各自的族人发现。

鲛人们为了保其秘密想让陵鱼杀了霜华，而陆人却希望霜华能够取得陵鱼的信任探听到鲛人一族的准确所在。

为了让霜华活下去，更为了让他与自己有永远在一起的可能，陵鱼冒着哭瞎双眼的危险，连续不停地泣了七七四十九天整整一箩筐的鲛珠为代价，终于在深海祭祀处换得了一把匕首和可以改变种族的秘药。

秘药和匕首有两种不同的使用方法，一种是于月圆之时，用匕首将她的鱼尾割破，将血滴在霜华的双腿之上，再让他喝下秘药，将他带入深海便可化双腿成鱼尾。第二种则是恰好相反，将霜华的双腿划破，将血滴在她的鱼尾，让她的鱼尾化为可以行走的双腿。

然而不管哪一种方法，双腿和鱼尾的相互变化过程中都会撕心裂肺的疼，陵鱼舍不得让霜华疼，便隐瞒了第一种方法，只告诉了霜华第二种。

尽管她已经做好了准备，可鱼尾慢慢蜕变成腿的过程，依旧让她疼到恨不得立刻死去。

每每绝望之际她一遍又一遍地告诉自己，只要过了月圆，她便能拥有陆人姑娘的双腿，然后跟她的心上人一起双宿双飞，从此远离这些仇恨纷争，再不用躲躲藏藏担惊受怕，他们终可以光明正大地携手行走于阳光之下，过自己梦想的人生。

第四章
相守

起初事情也正如陵鱼所想，因为计划周详，他们很是顺利地便逃到了离南海甚远的京城，买了一家小院，做起了最普通的馒头生意。

可天子脚下一块砖头都能砸到三个当官权贵，陵鱼这般美貌，自然引来了不少纨绔的觊觎，竟以自家家丁吃了馒头中毒而亡等莫须有的罪名，直接带了官兵前来抓人入狱。

陵鱼不傻自是明白这些人眼中的不怀好意究竟是怎么回事，所以在进入监狱的第一时间，便拔下了头上的簪子死死抵住了喉咙。

她压制住了妖气，变成了人，再没有了以往呼风唤雨的法力，可那并不代表她便会任人欺凌。

纨绔们强抢民女的勾当这些年没少做，见过以命相逼的烈性姑娘自然也不在少数，这种时刻如若再接着硬来很有可能伊人只余一缕芳魂。

但也就是这般烈性的姑娘，才会格外看重感情，纨绔们知道这一死穴，所以当下便命人将霜华直接绑到了受刑台上。

琳琅满目的刑具，甚至还有不少血迹斑斑，看上去分外可怖。

陵鱼脸色瞬间苍白，而纨绔们笑容却越发得意："姑娘现在后悔还来得及，不然你家相公那身细皮嫩肉就可惜了。"

霜华没有武功，只是一个长得好看甚至看上去有些瘦弱的少年，但面对那些烧红的烙铁、带血的刀枪剑戟，他却没有丝毫惧色，只是回头看着陵鱼歉然苦涩地笑了笑："鱼儿，是我没用，不能保护好你。"

她想哭，却又不敢。她怕万一眼泪落地成了鲛珠，他们此生恐再不得安宁。

可是眼看着霜华的气息越来越微弱，说话的声音也渐渐轻不可闻，陵鱼紧了紧手中的发簪，抬头看着纨绔们弯了弯唇角，露出倾城一笑："你们口口声声都说爱我，说以后一定会对我好，此话可当真？"

"当真，当真。"纨绔们面色一喜，急忙连连点头。

他们以为陵鱼顾及霜华的伤终究会妥协，却不曾想，那笑容绝美的少女，下一瞬间，竟是毫不犹豫地用银簪划向了自己的脸，从左眼角到下颌，毫不留情地一划。

原本绝美的容颜，瞬间便被鲜血浸染，就好似一块绝世美玉，被人用力往地上一掷，摔得四分五裂惨不忍睹。

陵鱼依旧在笑，映衬着红色的血，看上去分外凄艳决绝："你们不是说不管我变成什么样，你们都会爱我吗？现在你们放了霜华，我就跟你们走。"

她缓缓站了起来，这一次没有再用银簪抵住喉咙，可是连带看守牢门的纨绔在内，所有人都万分惊惶地退后逃跑，口中不住喃喃："疯子，这个女人绝对是疯子……"

要知道鲛人一族是所有妖族中最注重容貌的一族，他们不惧怕死亡，却惧怕容貌的衰老，因而很多鲛人在年老之后都会选择离开族人独居直到死去。

　　也正是因为知道鲛人视美貌如命，所以当陵鱼为他毁掉了容貌时，霜华在束缚被松开的瞬间，伸手紧紧抱住了他心爱的姑娘，一闭眼，泪如雨下。

　　"小鱼，你怎么这样傻……"

　　而她却只是将另外一半完好的脸轻轻地贴在他的胸口，没有答言，却分外满足地笑了笑。

　　她想，只要她的霜华还活着，一切便都是那样值得。

第五章
决裂

　　由于纨绔们皆是京中有权有势的世家公子，而陵鱼霜华又得罪了他们，事已至此，京城委实再不能待下去。

　　因而两人从牢房出来之后，连细软也不曾收拾，便趁着月色连夜出逃。

　　那段时间是霜华记忆里最艰难的岁月，由于不能行走所以一路都是陵鱼背着他，可饶是如此，因为一开始的重伤没有得到很好的治疗，再加上两人为了躲避追兵选择的路是深山丛林，他身上的伤口很快便被感染，整个人也开始迷迷糊糊地发烧。

陵鱼不会医术，所以纵使深山里面有再多的药材，于她而言也没有任何用处，要想保住霜华的命就必定得依靠凡人的大夫。

她没有请大夫的钱，可是霜华的伤却再不能耽搁。她斟酌良久，终还是决定用自己眼泪凝成的鲛珠去换钱给霜华疗伤续命。

却不曾想，尽管她很小心地选择了一个偏远小镇求医，可因为一来鲛珠实在太过珍贵，二来他们俩的样貌着实太过引人注目，于是很快便引来了先前的追兵和随之而来对鲛珠的觊觎者。

彼时霜华刚刚伤好，可是陵鱼却由于劳累过度得了很重的风寒，浑身没有一点力气，根本无法继续逃离。

"从一开始到现在，我们总是在不停地逃。"小镇上只有一匹老马，霜华把它和一辆拉柴的车一起买了下来，然后将陵鱼小心翼翼地抱了上去，"可是，能遇见你，我从未后悔过。"

飞扬的尘灰和嘚嘚的马蹄都意味着追兵的接近，可陵鱼分明看见霜华的眼底却是一览无余的平静，分明是该恐惧害怕，可当她听到他说不后悔，却已觉得此生足矣。

在他扬起马鞭的瞬间，在老马抬蹄奔跑的刹那，她用尽所有力气，从马车上跳了下来，再一次用银簪抵住了喉咙，阻止了霜华企图调转马头："霜华，回你的族地，我等着你带人来救我。"

要么他走，要么她死，霜华别无选择，只用力攥紧了拳头，对眼看着就要被包围的陵鱼无比郑重地道了声："等我。"

当初她让霜华走，是那样肯定她喜欢的少年一定会来救她，所以不管是什么样的折磨，她都咬着牙坚持了过去。

可陵鱼没想到的是，当她终于听见脚步声，终于满怀欣喜地回头时，等待她的除了那个日思夜想的少年，还有无数写满贪婪目光的陆人。

一切不言而喻。

"来人把她的舌头割了，我不想听见任何指责的话。"

终究是她看错了人。

可如今，失去了舌头的她却连这字字泣血的话，也再无法说出。

原本以为这不过就是最坏的结局，却不曾想，这不过是噩梦的开始。

在鲛人避世这些年，原本仅存于世的鲛珠鲛纱渐渐成为世人疯狂争抢的珍宝，因此陆人对鲛人的渴望也是日益剧增。

如今好不容易得到陵鱼，自是无法满足，因此竟想出以活人为祭，强开天眼，探出鲛人现如今的所在。

而陵鱼先前所带的匕首和灵药，更是被他们加以研制，于月圆之夜划破陵鱼的鱼尾，一个接一个暂且变化重入海底。

一声又一声的凄厉惨叫，一波又一波的猩红浪花。

那是她的族人在被追捕残杀时的哭泣，是她误信他人的现实报应。

那是她美丽万分的姐姐，被强制换了双腿，成为贵族玩物的哀歌。

那是她已经年迈的母亲，被人日夜鞭打，泣出的血泪。

那是与她朝夕相处的姐妹，十指磨破的在纺纱。

……

日复一日，年复一年，每天都有筋疲力尽或不堪受辱的鲛人死去，却不再有人出生，她成了整个鲛人族的罪人。

也正是因为如此，所以她才以日复一日的泣泪换来了眼瞎，又以不停纺纱换来了双手的报废，最终于鲛人最风华正茂的年龄枯萎凋零。

为了平复活着的鲛人的怨念，养着鲛人的贵族们让鲛人族人亲自解决她。

陵鱼永远也忘不了那天，族人们是怎样一边流泪一边亲手在她身上割了一刀又一刀。

更忘不了，当初她救过的少年，是以怎样高高在上的姿态，云淡风轻地说："所有鲛人，但凡年轻美貌者皆送与出价高的贵族，年老色衰者若能泣泪则须日夜鞭打不停且用珍贵药材续命，若不能泣泪者则送去纺纱，若纺纱不能，则抽其骨，剥其筋，送进皇宫给太后宫妃滋补养身……"

那仇，不共戴天。

那恨，永世不忘。

"姑姑，我知道你希望我好好地活着。"陵鱼缓缓地浮出水面，金色的鱼尾在月光下泛着幽冷的光，连带着她说话的声音也染上了寒意，"但是灭族之仇不共戴天，除非我死，否则绝不放过任何一个陆人。"

"可是你的仇人早就死光了，就连他们的白骨也都化为飞灰消失不见。鲛人本就不擅长杀戮，若你逆天而行自己也终会不得善果。"

"他们死了，还有他们的子孙，还有这千千万万一样有着贪婪之心的陆人。"摊开手掌，原本洁白无瑕的手已经因强行发动禁术而出现了阴森可怖的黑斑，可陵鱼却依旧恍若不知。

就如同当年的她眼睁睁地看见鲛人们被一个一个屠杀，老弱妇孺皆是尸骨无存的下场。

那些陆人曾经施加给鲛人一族的伤害，如今她还只不过是让他们偿还了那千万分之一而已。所以不够，这些报复远远不够。

更何况，那最让她恨不得千刀万剐的人，始终没有出现。

"陵鱼……"

我知道仅凭几句话想劝她回头，委实不太可能，可如若我强行带她回南海，这些因她而沉睡的凡人根本再无转醒的可能。

"师祖爷爷，那个妖女就在那里。"

就在我绞尽脑汁地想怎么样才能让陵鱼暂且平息怒气的时候，先前被我用妖风轰出去的道士却突然又气焰极为嚣张地回来了。

而同时与上次完全不同的凌厉剑气也瞬间袭来，因不想让他们破坏陵鱼的水缸，所以我不得已只好转身与他们正面对敌。

在我的想象之中，能当一群中年道士的师祖爷爷想来肯定是个须发皆白的老者，却不曾想那众星拱月般被人围在中间的，却是一个面容清俊气质高华的少年。

"听说是你破了我的结界？方才你们的话我都用千里探声听到了，如果说先前我还不能肯定，可如今便已然不同。"他抬眸看我，明明声音极冷，可是微微上挑的眼尾，却又说不出的缠绵缱绻，"你们现在有两个选择，要么现在放过那些百姓，我可以让你们痛快地死，要么也可与我交手，只不过，那样的话，我会让你们后悔曾来过这世上。"

在我的记忆中，蜀山的道士只有那些已经快要临近飞升的老道才会所谓的千里探声，而如今我眼前的这个少年分明那样年轻，可是凭我现在的修为竟无法看清楚他的深浅。

妖类的直觉告诉我这个少年很危险，所以当他话音一落，我便先一步素手纤扬对着他甩出数十道比先前威力更大数倍的妖风。

狂风大作，庭院之中不少粗壮的树木都已被卷入其中，可是一到那少年身前却再停滞不前好似被无形的屏障隔开。

"雕虫小技。"凝目缓缓扫过场中，少年一声轻啸，背上寒剑出鞘，仅一个来回便斩断了所有的风，"如果你是一个聪明的妖，就应当知晓，在这种敌我实力悬殊非常的情况下，最先要做的不是拼命，而是想尽办法开始逃跑，兴许这样，你还能多活些时候。"

"这些年除了我师父，没人敢用剑指着我。"

然而他的所指之处，却恰好是我的所在之处。

一样骄傲的姿态，一样不可一世的态度，分明是完全不同的人，可是此时此刻却让我想起了师父，想起那日他将我逐出妖界时，也是这样用剑指着我，让我自行滚蛋。

若说这世上还有一个人能够轻易牵动我的情绪，除了师父便再无他人。

想到那锥心一幕，我指尖的妖气也渐渐从最低等的无色渐渐转变成了最接近月光的银色，而少年原本的漫不经心亦在此时瞬间凝重。

"银色的妖气，上古的大妖，不，不可能啊，上古的大妖应该早就离开人世，在妖王裴墨的带领下进入了永恒妖界才对啊……"

有人惊呼出声，可此时不管是我抑或是那少年都无暇分身顾及，只因就在我跟他过招的同时，竟有一尾银色小鱼穿越了结界闯了进来，而就在那尾银色小鱼出现的瞬间，陵鱼竟然不顾一切地打破了水晶缸，将鱼尾变作了双腿，徒手撕开了结界打算离开。

事关京城数万百姓的人命，不能就此让陵鱼离开。

而那少年显然也是如此想法，竟与我一同收手，紧随我身后想要去阻止陵鱼的离开。

然而就当我们一左一右快要触到她肩膀的时候，眼前却突然涌入了大片白雾。

"不好，是鲛人幻境。"

第六章
因果

　　要破这样的幻境于我而言并不算难事，却要耗费许多的时间，但现在最耗不起的也是时间。

　　抬头看了一眼眉头渐锁的少年，想了想，蜀山的道士虽然讨厌，可世世代代却无怨无悔地守护苍生，若非心思纯良的人也进不了蜀山的大门，更别提还有如此高的地位。

　　是以我仅犹豫了片刻，走到他身边对他提议："不如你我联手破这幻境如何？出去之后你走你的阳关道，我过我的独木桥，绝不跟任何人谈及此事。就算他日再动手，你也不需心慈，而我亦不会手软。"

　　许是没有想到我会如此提议，他先是愣了愣，方才点了点头，想来是仗着艺高人胆大并不惧怕我会有任何小动作，只是有些疑惑地问了一句："这个时候，你不是应该拖住我才更方便你的同伴四处为祸吗？"

　　"我又不是以你们凡人血肉为食的恶妖。"轻轻哼了一声，我终还是忍不住在两人即将合作之际，鄙夷了一下他对妖族浅薄的看法，"其实真正的妖族也与你们蜀山的修道者一样，讲究大道自然和因果报应，轻易杀生在渡天劫的时候很有可能便会被天雷劈到灰飞烟灭，唯有那些眷恋红尘灵智未开通过修炼而成为妖怪的妖，才会不管不顾地去害人。"

"……"

对于我的话，少年最终还是没有发表任何的看法。

毕竟真正的妖族大多都已经离开了人世，而遍地在人间行走的妖又大多害人不浅，既然误会不是一朝一夕形成，自然也不是三言两语便可以解开的。

想找到陵鱼并不困难，她那样憎恨这个世间的凡人，只要打听哪个地方的蓝色瘟疫最厉害，直接前往那地方便是。

却没想到，陵鱼最后驻足的地方，竟然是曾经有着她无数痛苦回忆的南海边缘。

也是那时，我才知晓，原来之前那尾穿越结界闯进来的银色小鱼，竟是陵鱼用来寻找霜华的分身。

而我更没有料到的是，除了她以外，竟还有一缕残魂在她前方不远处，神色温柔地看着她。

"你……"

在没有见到他之前，陵鱼曾无数次想过自己会怎样以仇报仇，怎样把鲛人一族曾经忍受过的痛苦一点一滴地回报于他。

可现如今，真见到他人，她却无论如何也下不了手。

不是她不忍心，而是她万万没有想到，他已经死了，而且已经成了在人世间漂泊千年的孤魂野鬼。

"鱼儿，我等了你三千年，如今总算能再见到你了。"死去的灵魂会永远保留他生前的模样，因此少年霜华依旧还是她记忆之中的模样。

不，不对。

"如果我没记错，在我死的时候，你已经娶了大堆娇妻美妾，是好几个孩子的爹了。"所以断断不可能会如此年轻。

霜华摇头，尽管已是魂魄却丝毫不减他半分清雅："如果我说，最早让鲛人族险些受灭顶之灾的商人并不是故意透露消息，而后来让你受那么多苦的人也不是我，你信吗？"

"那不可能。"陵鱼冷笑，"你那张脸我至死也不会忘。"

"那脸是我的，可那人却不是我。"许是过往太过惨烈，所以时至如今，少年的脸上依旧有惊惧之色，"自打我们的事被族中之人发现之后，他们便一直想让我把你引来。我自然不会答应，他们便用迷草催眠了我，让我说出了我们十五相会的实情，而后将我杀害。事后又为了让你不迁怒于他们，更是把我的脸剥了去，缝在族中另一个身量与我相仿的少年身上……"

霜华渐渐没了声音，而陵鱼的双手也止不住地发抖。

是了，只有这样，才能解释为何后来那人的眼睛里没有一点她所熟悉的善良。

亦只有这样，才能解释为何他死去的模样却比她还更年轻。

她恨了那么多年，却不曾想，她爱的少年从未改变，甚至为了保护她早已死去。

眼眶渐渐涌起了湿意，大颗大颗晶莹圆润的鲛珠顺着陵鱼的脸颊滚落在地。

可他们却终究是回不去了。

君虽未杀伯仁，伯仁却终究因君而死。

更何况如今不管是游荡了千年的孤魂，抑或是她这沾满了鲜血与仇恨的残破之躯，都不会再有未来了。

而这一切，却依旧还是拜当初那些面目可憎的陆人所赐！

恨意逐渐笼罩在胸口，伴随着海浪的呼啸翻滚，陵鱼自双手开始，全身都开始笼罩在一层黑气之中。

"不好，她打算引发海啸淹没这周边的所有城镇！"

第七章
落定

心念刚转，还未曾说出口，谁知原本好好站在我身旁沉默的少年，却突然拔剑直指陵鱼。

"就算你杀了她，你能保证那些人都醒过来？"来不及多想，伸手用力将他的剑尖拔近对准了我的咽喉，我用分外绝然的语气沉声道，"用我的生命担保，给我一个机会，也给陵鱼一个机会，若她还是执迷不悟，我必亲手除之，并不惜一切保百姓安然无恙。"

眼下陵鱼的咒术已经在最紧要的边缘，除非她自己终止，否则任何外力的干预都只能产生最坏的结果，陵鱼死去，而海啸却永无停歇地继续。

这半年因一路追寻着陵鱼的足迹而来，所以我与他经常碰见，我知道了他叫凌让，是蜀山年轻一辈的翘楚，而他亦知晓了我叫素卿，是不知为何来到人世的上古大妖，起初我俩一碰面便会打得昏天暗地，可渐渐当我们俩都发现对方会在发现瘟疫之后，想方设法保住那些凡人的性命时，这才渐渐停止了打斗。

他没有答言，只是定定地看着我的眼，良久，方才收回了剑，往后退了半步，道了声："我信你。"

众所周知，灵魂是没有实体的，可当霜华不顾一切拥抱住已经彻底疯狂的陵鱼之时，明明轻飘飘的，没有任何实质性意义的拥抱，这迟来了三千年的拥抱，却好像拥有让天地重归平静的力量，竟让陵鱼渐渐安静了下来。

"霜华，我回不了头了，我回不了头了……"

她在他虚无的怀里呜咽，像个无助的孩子，硕大的鲛珠不停从她指缝中滚落。

"鱼儿，我之所以等你这么久，其一就是希望你淡忘这片仇恨，南海虽然没有了你的族人，可这千年间我曾听不少去过西海的渔民说过，那里依旧还有美丽的鲛人。"他拉过她的手，两人于虚空紧紧相握，似乎要握住彼此错过的千年时光。"其二，我在凡间滞留太久，如今已经不能再投胎了，所以，你要替我好好地活下去，坚强美好地活下去……"

许是意识到霜华的打算，陵鱼开始拼命地挣脱，可无形中好像有看不见的力量将他们彼此交握的手紧紧绑在了一起，而与此同时，陵鱼手上因使用禁术而生的黑气亦渐渐地转移到了霜华的魂魄上。

"我已经恨了你三千年，如今你是不是还想让我恨你一辈子？"每一个字似乎都带着血的味道从喉咙艰难吐出，陵鱼狠狠地睁大眼，似乎只有这样才不会让已经无比透明的魂魄消失。

可霜华却没有说话，只是在黑气交换完毕的一刹那，最后于虚无之中伸手抚了抚她的发。

那样怜惜，那样不舍，但最终却依旧消散于风中。

什么都没留下。

尾声

在霜华彻底离去之后，陵鱼随即便动手解除了先前的瘟疫诅咒，之后一甩尾沉入了苍茫大海。

以至于我还没有问她是谁帮她重铸筋骨从鲛人修炼成大妖的，那么多出海的船只又为何会独独选中了安亲王世子的船，便已经看不见她的身影。

无奈之下，我只好再度折回到了京城……

第四卷
《苏姬》

何为执着？

佛陀弟子阿难出家前，在道上见一少女，从此爱慕难舍。佛祖问他，你有多喜欢那少女？阿难回答，我愿化身石桥，受五百年风吹，五百年日晒，五百年雨打，但求此少女从桥上走过。阿难对那女子数百年如一日的感情，便是执着。

楔子

　　回京后，因为以凌让为首的蜀山道士再度不屈不挠地尾随追踪，中途不得已我只好绕道昆仑山，想借着那里的仙气来隐匿自身的妖气，从而摆脱那些臭道士。

　　却不曾想，刚刚进入昆仑山脚下，便听到从西南方隐隐有人在用妖族特有的语言求救。

　　与扎根在凡尘的不周山不同，昆仑从古至今便是仙人灵物最好的修炼之地，而后更是因为阐教的始祖元始天尊把洞府建立在此开教授业，因而昆仑更是彻底名扬天下，成为与蜀山并立而存的修道圣地。

　　所以在此听到妖族的求救，我很是诧异，甚至第一反应便是有阐教弟子在做诱惑妖怪的练习。可随着那求救声越来越急切，渐渐竟显出了九尾一族特有的娇媚嗓音，我这才调转了方向寻声而去。

　　过程并不算太顺利，那声音听着极近，可由于一路上处处是极其厉害的陷阱阵法，而我又必须谨慎使用妖气的缘故，因而直到第九天的清晨，我才在一片蔚蓝湖泊的最深处寻到了那声音的所在。

　　终于走到了水牢之前，也终于看清了里面的一切。那是我见过的最美的牢狱，因为湖面有阵法的缘故，如银的月光直接渗透到了湖底，蓝色的水，碧色的光，殷红的珊瑚树，数之不尽的奇珍异宝，若非最外围的四周耸立着数根玄铁牢柱，我几乎都要以为自己来到了哪家龙王公主的私宅。

然而里面却并没有任何的水族，最中间的水晶床上竟赫然锁着一只纯白的九尾狐。

"你是……"声音先是疑惑，随着我的越来越近，瞬间转为了毫不掩饰的狂喜，"素卿姑姑！"

因着每个九尾的原形都相差不离，所以最开始我并没有立马猜到她的身份，直到她化作了人形，我才顿感惊讶："苏姬，居然是你！"

面前的姑娘虽面容有些苍白，可是那模样却依旧还是记忆中那般绝色倾城。

九尾一族是妖族最美的种族之一，而身为公主的苏姬更是早有艳名，早些年甚至还有不少妖族得知我与九尾一族的关系甚好，辗转携重礼前来请我去促成姻缘。

然而不管是上古妖族雪妖的首领，抑或是北虎一族传闻中最厉害的少主，最终谁也不曾入她的眼。年轻骄傲的小公主不愿过早交付自己的一生，便私自逃离妖界去往了人间，之后便听闻她迷惑人间帝王扰乱了朝纲，为平百姓怒火被大周丞相姜子牙于人前斩首。

尽管九尾一族直到现在都不相信当初的听闻，依旧每年都会派族人外出寻找，可自那以后不管是妖界还是人间，却是再不曾听闻她的消息。

"素卿姑姑，求求你帮我打开封印。"我还未曾来得及询问这其中的因由，苏姬便再度急急开口，"我感觉子牙他遇到了很危险的事，就快要不行了，我必须要去帮他。"

"子牙？"我讶然看她，越发困惑，"就是传说中动手处决了你的大周丞相姜子牙？"

话音一落，苏姬猛地摇头，因情绪太过激动，巨大的狐尾动荡间便拂乱了一池碧波："不，他没有杀我，当年在众人面前死去的苏姬，不过是他变换出的一个幻象罢了。"

苏姬说，她这一生作孽太多，最对不起的便是姜子牙和纣王帝辛。

第一章
离族

那年青丘的妙音花开时节，九尾一族最小的公主苏姬也到了最风华正茂的年纪。

因其早有芳名在外，所以前来求娶的大妖贵族数不胜数。

对外九尾一族宣称嫁娶自由绝不干涉苏姬的婚姻，可对内，族中长老却早就替她定好了嫁娶对象。

九黎族大妖首领蚩尤的玄孙，不管是模样人品抑或是妖力手段，于苏姬而言都无一不般配。

可一来她彼时年幼贪玩并不甘心就此便定下自己的一生，二来她过惯了九尾一族的奢华生活，对处于苦寒之地的九黎部落更是无半分好感，因而在得知长老们的打算当日，她便打破了结界逃往人间。

按照苏姬起初的想法，她是打算直接去往凡尘最繁华的朝歌城，却不曾想，因为打破结界时耗费的法力甚多，加之她对凡尘无半分了解，最后落地之时竟误打误撞地进入了昆仑。

彼时的昆仑虽然因为阐教的接手入住少了许多往日活动频繁的精魅，可是一些纵横山野的大妖却依旧嚣张如昔到处争抢地盘。

凡尘的妖跟妖界的妖又有所不同，妖界的妖从出生便能接收祖辈的传承，开启通灵神智，可凡尘的妖却不知为何，只有修炼到一定阶段化为人形之后，方才口吐人言与其他妖族沟通，因此当带着九尾气息的苏姬刚施施然一落地，立马便有接管此地盘的黑熊巨妖一跃而出。

九尾一族本善魅惑而不善战斗，再加上这黑熊妖灵智未开，她往日百试百灵的魅惑在此时压根就没有一点用处。无奈之下，苏姬只好化作了原形拼命地逃跑。

可黑熊一族对于猎物最是执着，所以不管苏姬逃向何方，他都始终不屈不挠地尾随在后，在这过程只要苏姬的速度有一点变慢，他便会用尽全力攻击，不过短短几炷香的工夫，苏姬原本光洁漂亮的皮毛上便布满了血淋淋的伤口爪痕。

想当初在妖界，九尾族的小公主走到哪儿不是妖见妖爱花见花开的存在，何时受过这种窝囊气，所以当那黑熊妖再一次挥爪竟在她引以为傲的漂亮脸蛋上都挠出一道血痕后，苏姬悲愤地清啸一声，当下便转过身打算跟黑熊拼了。

力量的差距，直接决定了双方的战况，苏姬这一回头，几乎便是被黑熊妖不费吹灰之力的单方面虐打。

是痛不欲生还是悔不当初，究竟是何种心情苏姬已经记不大清了，唯记得在她最绝望之际，有一着青色道袍的少年踏着祥云翩然而来，寒光一闪，刀剑出鞘，不过眨眼，便斩断了黑熊妖用来扼住她的胳膊，将她救了出来。

在妖界众口相传的凡尘故事中，道士从来便是凡人最好的朋友，妖怪最大的天敌。九尾一族的许多先祖都曾命丧道士之手，远的不说，就近而言，她最好的姐妹妹喜，便是在凡间玩耍时死在了一个道士手下，所以相对于黑熊妖而言，苏姬更讨厌这些道行高深的道士。

因此当那少年将她救出的瞬间，苏姬既没有知恩图报也没有立马逃跑，而是在勉强稳住了身子之后，便立马挥舞着爪子袭向了少年的背后。

此时正值少年与被彻底激怒的黑熊妖缠斗最厉害的阶段，根本就无法躲避。苏姬那一下，瞬间就把少年的衣衫抓破，狠狠留下了数道带血的爪痕。

一击得手，苏姬很是得意，本想积蓄力量趁机一口气解决掉少年，谁知再次靠近之时，却堪堪对上了少年极其清冷的一双眼，再接着，她感觉身子一顿，竟是直直从半空坠落再不能动弹。

她没有想到少年居然有这么强的力量，在身受重伤的同时，竟然还能一边与黑熊妖缠斗，一边给她丢了个定身咒。

而后在不用顾及她的偷袭之后，少年越战越勇，黑熊妖也自觉不敌转身狂逃而去，苏姬更是为自己的轻敌和恋战悔得肠子都青了。

眼看着少年收回了佩剑，朝她越走越近。为了活命苏姬毫不犹豫地抛下了身为公主的矜持，化为人形，仰着楚楚动人的脸，对少年嘤嘤诡媚道："公子好生厉害，先前都是那黑熊妖逼迫于我，小女子迫不得已之下方才对公子动手，现在小女子已经知错了，而那黑熊妖也被公子赶跑了，还请公子念在上天有好生之德的份上，放小女子一马。"

其声之哀婉，其颜之绝美，几乎可魅惑天下所有男儿。

然而少年却只是冷冷地看着她，许久，颊边才晃出一抹没有任何温度的笑："如果我没看错，那黑熊妖根本连灵智也未开，不知如何逼迫姑娘？"

"……"

"既然姑娘也知道上天有好生之德，可方才姑娘偷袭在下之时，在下倒是一点也没察觉到姑娘有一星半点的好生之德。"

"……"

"更何况，就冲着姑娘眼下还企图用媚术迷惑于我这点来看，在下也并没看出姑娘有任何悔过之意。"

"……"

天作孽犹可恕，自作孽不可活，这句话的沉重含义，直到这一刻，苏姬才真正明白。

第二章
被缚

　　她闭上眼，以为自己在来到人间的第一天便将迎来最终的死亡。谁知最后那少年竟是拿了一个收妖葫芦将她关了进去，且把她直接带回了处于昆仑之巅的玉虚宫中。

　　她幽幽叹气，想着兴许是那少年对她的所作所为怨气太甚，故而才免了她的死罪把她带回去好好折磨。却不曾想，当她从葫芦中被放出来后，那少年只是用药草替她包裹好伤口，之后便再无其他动作，只一双清冷的眼，神色莫变地看着她。

　　早在他最初成为阐教弟子的时候，他的师尊便为他卜过一卦，说他命中注定有一情劫，而如今的商汤天下也跟他的劫数息息相关。

　　之后的一些年，他根据师尊的卦象再三推测，终于确定了劫数出现的时间和地点，却没想到……居然是只九尾妖狐。

　　而就在他今早要出宫寻找劫数的时候，师尊还再三对他说过，要彻底化解劫数，最好的办法便是在劫数出现之初，便断绝它以后会出现的种种可能。

　　可眼下，当他看着重新变为狐狸原身的苏姬，看着那毛茸茸的耳朵和分外柔软的尾巴，握着佩剑的手松了又紧，紧了又松，却终究下不了手。

屋内一室静谧好似岁月静止，而屋外却已经从先前的暮色四合变为朝阳初升，少年犹豫了许久，最终在苏姬泪汪汪的杏眼中败下了阵。

罢了，铮铮男儿应当顶天立地，直面自己的劫数，一味逃避，那是懦夫的所为。

有些颓然地放下了手中的剑，少年转身从书架上拿了一卷锦帛书册走到苏姬面前，冷声道："要我放过你也可以，但从今往后你须得一直在我身边，跟我学习人世的道德法则。"

他想，妖怪之所以会乱世，大抵是因为他们并无明确的是非观，因为不懂对错，不惧生死，所以才会肆无忌惮地作乱。可如果他教会了苏姬这些为人处世善恶是非，兴许也就不会再出现那卦中预言的一切。

对于少年所决定的一切，苏姬并没有半点异议，甚至还分外赞成，毕竟相比死亡，失去自由这点小事已经相当微不足道了。

也直到那时，苏姬终于知晓，自己所在的地方叫昆仑，而以后有很长一段时间将与她相伴的少年叫姜子牙，是阐教教主元始天尊最喜爱的弟子。

自那以后，每天晨起时分，姜子牙都会准时来教她学习人间的文字，然后再给她讲一些真善美的小故事。大多数故事因为昏昏欲睡苏姬都没有记得太清楚，唯有一个佛经里面的故事，苏姬一直记得。

那日身着青衣的少年坐在窗前，在朝阳朦胧的光晕中用清雅的声音问她："苏姬，你可知何为执着？"

　　她茫然地摇了摇头，他便拿了一卷《楞严经》替她翻到其中一章，方才娓娓开口："佛陀弟子阿难出家前，在道上见一少女，从此爱慕难舍。佛祖问他，你有多喜欢那少女？阿难回答，我愿化身石桥，受五百年风吹，五百年日晒，五百年雨打，但求此少女从桥上走过。阿难对那女子数百年如一日的感情，便是执着。"

　　听闻此言，苏姬抓了抓头发，微微有些不解："可是如某日等那女子从桥上经过，那也便只是经过了，此刻阿难已化身石桥，注定只与风雨厮守。为了一场遇见而甘受这么多年的苦楚，阿难这又是何必呢？"

　　彼时两人对于感情都是一窍不通，所以姜子牙想了许久，对苏姬愣愣道："也许阿难觉得喜欢一个人，也可以只是他自己的事，他自己坚持了且无怨无悔地喜欢过，那便已经足够了。"

　　苏姬晃了晃尾巴，摇头表示不信，她总觉得这个世间不存在阿难那样傻的男人。

　　关于佛经故事里的真假，在此之前他从未有过探究，他之所以给苏姬说这个故事，原本是想告诉她，只要坚持人性本善，就算是妖亦可以同样被人尊重接纳，可如今他看着少女娇憨的模样，想到师尊对自己的嘱咐，想到自己的下不了手，却终是慢慢地咽下了所有的话。

第三章
帝辛

　　修道山中无日月，很快青涩的少年便长成了风姿无双的青年，而原本对昆仑有着无限好奇的苏姬，也逐渐厌倦了这里的一切。

　　九尾一族本就是喜热闹好奢华的妖族，这些年的苦修俨然已经憋坏了她，所以当姜子牙再一次下山历练之时，苏姬也悄悄破开了结界尾随了上去。

　　其实通过这些年的相处，她对这个青衣翩然的温润男子已经产生了格外多的依恋，否则以她如今的妖力也不至于不能逃脱。按照苏姬最早的想法，不过是趁着他外出的时间自己去凡尘见见世面，而后在他回昆仑之前，自己再先他一步回去。

　　然而却因为遇见帝辛，她原本所有的打算却都化作了梦幻泡影。

　　那天她刚好离开昆仑来到人世，因一路奔波很快肚子便饿了，以往只要她说饿，姜子牙都会给她弄来各种精致吃食，可眼下她一个人也不认识，便只能寻着香味像其他凡人一样，走进一间很大的屋子里。

　　她认识凡字，却不大明白那些字的意思，便胡乱指着其他人桌上她闻着香的食物都要了一份。酒足饭饱后，她便离开此地继续赶路，才刚刚站起身，却被人拦住了去路。

"姑娘，您还没给钱呢。"先前还眉开眼笑招呼过她的人，此刻正一脸严肃地对她伸出了手。

"什么是钱？"这些年姜子牙给她说过什么是正义，什么是善恶，什么是真假，却唯独没有告诉她凡尘的一切，所以她并不知晓，在凡尘穿衣吃饭甚至是随意找间屋子休息，都是必须要付出代价的。

几乎是在她话音一落的瞬间，周围原本还不怀好意看着她的男人们，便哄笑起来："这天仙似的姑娘，原来竟是个傻子。"

关于夸奖和辱骂的话，苏姬大多都能听懂。她便格外羞愤，拂袖一把将小二连带那人一并狠狠推倒在地："再说我是傻子，我就对你们不客气了。"

"姑娘吃东西不给钱，倒还有理了！"老板见状急忙唤过来所有店内的伙计，将她团团围住，"既然姑娘给不出饭钱，那便直接见官好了。"

其实区区几个凡人她压根就没有放在眼里，只是她记得姜子牙对她说过，若非生死关头不能随意出手伤人，更不能随意暴露自己的妖族身份，她只是苦恼究竟该如何逃脱。

然而还未等她想出对策，先前一直端坐在窗边的玄衣少年却猛地站起了身，接着一弹指，一个金灿灿的指环便落进了老板的掌心："用这个抵她的饭钱，想来应该绰绰有余了。"

苏姬应声抬头，这才发现那少年竟长了分外好看的一张脸，雪肤花貌，眉目倾城，几乎比她九尾一族最有名的美男子都出落得精致动人，而更让她惊讶的是，她竟然在那少年的身后看见隐隐咆哮的金色龙纹。

要知晓，如今的凡尘只有皇者方才会有这样的真龙护身，因而少年的身份便格外呼之欲出。

窗边的位置普遍比大厅高出许多，少年优雅起身，分明神情格外漫不经心，却生生让人感觉到一种高高在上的压迫，也不管其他人是何表情，他只是看着苏姬的脸，淡淡问道："你叫什么名字？"

许是少年的容貌格外赏心悦目，又许是他周着的真龙气息让她格外忌惮。苏姬霎时便收敛了所有的张扬，放缓了声音柔声应道："苏姬。"

少年轻轻颔首，然后上前对她伸出了手："跟我回宫，我会给你世间最好的一切。"

他的掌心莹莹如玉，衣衫浮动间隐带兰香，他跟子牙不同，子牙只会跟她说，所有奢靡浮华都是原罪，是万物堕落的根源，她不知道子牙说的究竟对还是不对，可是她却已经厌倦了清苦的修道生涯，她渴望美酒佳肴，渴望这世间醉生梦死的一切。

她想，反正子牙现在也还没有回昆仑，倒不如跟着这个少年也好，总归她是妖，他是人，她想走，他还有法子拦她不成？

所以，最终当少年的马车前来接少年的时候，苏姬便毫不犹豫地把手放进了少年的掌心。

十指交握，少年弯着眉眼，笑容璀璨倾城："苏姬，你要记住，我叫帝辛，即将成为整个殷商最有权势的男人。"

第四章
荣华

　　她跟着帝辛的时候，他还没有为王，在他之前还有两个哥哥，他是商王最小的儿子。

　　他把她带回了朝歌城，让她住府中最好的房间，给她穿最美丽的衣裳，戴最珍贵的首饰。他毫不掩饰对她的喜欢，也不曾遮掩过自己的野心，他告诉她，天下终将是他的，而那一日他必将迎她为后。

　　她对王后并没有什么概念，只是当他说这话的时候，周围侍女看向她的眼神都变成了敬畏和羡艳。她便知道那肯定是极好的。眼下她既然已经有了最美的外在，自然便需要最好的身份来匹配，所以每当帝辛这么说的时候，她便会了悟连连地点头。

　　随着帝辛的权力越来越大，她过的生活也越来越好，连带着回昆仑的日子也被她下意识地一再延后，她总想着一旦回去恐再无法拥有这奢华的快乐，所以在能享受的现在，她便越发挥霍无度，今日拿夜明珠砸雀，明日便拿宝石逗鱼。

　　渐渐地，关于王子帝辛偏宠美人挥霍无度的传言便经有心人之口很快传遍了朝歌，很多原本中意帝辛登位的老臣，也因此开始举棋不定，甚至还有不少直接投靠一贯有贤良名声的大王子微子启的阵营。

这样的局面对帝辛而言委实不妙，为了稳住眼下的局面，他只得提出娶贵族姜氏之女为妻。

做出这一决定，帝辛觉得辜负了苏姬，很是自责。

而得知这一消息，苏姬却只是把手中还剩下的几块鸽子血往池子里一丢，在溅起的水花间回头问道："那你可会因为娶了妻子，便不会再对我好？"

帝辛摇了摇头，斩钉截铁道："不会。"

她微微扬唇，先前悬着的心总算又落回了胸腔，轻轻摇晃着他的手臂，不胜欢喜的模样："帝辛，就算不能当王后我也不在意，只要你对我好，我什么也不在乎。"

这些日子，其实她已经想得很是明白，当不当王后又有什么要紧呢，只要他依旧给予她这世间最好的一切。他即将成为谁，而她又是什么样的位置，又有什么好在意的呢？

"苏姬……"

妖的想法从来便是如此纯粹而简单，可是当她话音一落，帝辛却伸手揽过她的身子，将头搁在她的颈侧，良久不曾说话，直到她觉得夜风沁人，想要伸手推开他时，却发现，自己肩膀处的衣衫竟都是少年温热的泪。

"你们凡人娶妻都会高兴得流泪吗？"她困惑地问。

而这一次一贯有问必答的帝辛，却是再没有回答她任何的话。

时间一晃，很快便到了帝辛娶妻的日子。

那天整个府中到处挂满了红绸，所有人都一副忙碌而喜庆的模样，唯有她，闲人一个，四处乱晃看热闹。

那是她第一次看见凡尘的婚礼，对一切都充满了好奇，在看过一身红衣面冠如玉的帝辛后，便想顺道去瞧瞧新娘子的模样。

却不曾想，她才刚刚离开帝辛的寝殿，便突然被人拉入了怀中，紧接着四周景物飞快倒退，待到她回过神来的时候，自己竟已经到了朝歌城外，而她面前亭亭站着的青衣男子竟赫然便是被她遗忘许久的姜子牙。

"子牙，我好想你。"

她嘟着嘴，想扑进他怀里，撒娇赖过这一回，谁知以往百试百灵的招数，却生平第一次遭到了夭折。

她还未曾靠近，他便闪身退后了好几步，看着她的眼里也没有一贯的宠溺温和，相反是一种极其沉重的悲凉。他问她："苏姬，为什么不待在昆仑，为什么要入世，为什么要跟帝辛在一起？"

她张了张嘴，几番想要解释，可想了许久，却只想到了四个字：爱慕虚荣。

见她良久不言，姜子牙的神色越发深沉了几分。

好半晌，苏姬才听他再度开口，可是声音却比之开始平稳了许多："苏姬，你可愿跟我回昆仑？"

她想要点头，可是想到帝辛好看的脸，想到他那里有她所眷恋的一切，她便迟迟不敢应声，直到姜子牙声音越发平静地再问了她一遍，她方才怯声应道："子牙，再让我玩一段时间，我就跟你回去，好不好？"

他闻言，不怒反笑，只是笑声有一种让她说不出的心疼。又是许久，他敛了笑，用极其缓慢的语气质问她："苏姬，你可知朝歌城是怎么说的你与帝辛？说你必将妖媚惑主，帝辛必将葬送殷商。你喜好奢华，他便给你奢华，但你可知，那样的奢华背后究竟耗尽了多少人的心血？你又可知，你一颗随意丢掉的明珠，究竟又够多少百姓一生衣食无忧？"

她拼命摇头，既不想听他的指责，也不想听那些奢华的背后，她只是想过得好一点，玩得开心一点，这样又有什么错？

她可以不在乎这世上所有人的话，却唯独无法不在意他的。他的话让她难受，她不想听。而他却对她执迷不悟的行为越发失望，冷冷看了她许久，终究面无表情地转过了身。

"以后，你好自为之。"

第五章
朝局

帝辛的婚礼，因为苏姬的突然失踪，最后匆忙结束。

而后为了寻找她，原本应该同新娘子共度良宵的少年，带了许多人马彻夜不眠地寻找，最终破晓时分在城门外找到了她。

当时因为子牙的拂袖而去，她很是伤心，竟不知不觉间看着他离去的方向一站便是一夜，待到帝辛寻到她的时候，她从头到脚已经被霜露浸染得又冰又凉。

　　他没有问她为何会到此地，也没有告诉她自己独自留下了新娘，他只是脱下披风小心翼翼地将她抱上了马车，先喂她喝下了祛寒药，而后才一边细心地替她用锦帛擦发，一边轻声安抚："苏姬不怕，一切都过去了。"

　　忍了许久的眼泪，终究在这一刻爆发，她扑进他的怀里，号啕大哭，似要哭去所有的委屈悲伤。

　　她不明白，为什么子牙要因为其他的人和事迁怒于她，更不明白他为何突然丢下了她。

　　可好在，她还有帝辛。

　　帝辛喜欢她，帝辛对她千依百顺，但也正是因为如此，她才越发将子牙给她说的是非善恶所遗忘。

　　帝辛登基为王后，为了理所当然地享受这世间最好的一切，她以苏护之女苏妲己的身份进入了王宫，当日封妃，宠冠后宫。

　　她喜欢高楼，帝辛便给她建了手可摘星辰的摘星楼，可为此却引来了比干为首的大臣集体愤怒反对。她不想帝辛为难，也有心想缓和与比干的关系，所以便在摘星楼设宴请比干等人赴宴，之后为了融洽席间的气氛，更是不惜耗费妖力以万里传音请来许多凡间的妖狐一族前来赴会用歌舞助兴。

　　席间宾主尽欢，她本以为终于可以和比干洗尽前嫌，谁知翌日一早，比干却差人送来两件皮光水滑的狐狸披风，那些分外熟悉的味道，分明便是她昨晚请来的所有妖狐姐妹。

苏姬愤怒了，她忘记了子牙对她所说的与人为善，她想要替那些姐妹报仇。她对帝辛说她病了，只有比干的七巧玲珑心才能将她治好。

　　明明是万分劣质的谎言，可由于帝辛对她的信任和担忧，最终一代贤相比干从此消亡于世。

　　也正是因为此事，王后感觉到她对帝辛的影响和对后宫的威胁，为了保住自己的位置，也为了这个国家的前程，便同自己的儿子一起设计想要除掉她。

　　想当初她还在王子府的时候，身边接触到的人都是帝辛精挑细选过的，可眼下她入了宫，帝辛因为朝事繁忙也不可能时时在她身边，因而接触到各色人心便越发复杂，而她也渐渐明白，王后才是整个后宫最尊贵的女人，她可以掌控所有后宫女子的生死，就好比她最初入宫的时候，王后让她跪着，她就必须得跪着。

　　她想，眼下她之所以被朝臣看不起，还会被人欺负，都是因为她的地位不够高，如果她当了王后，谁还有胆子胆敢说她半句不对？

　　思及至此，当王后带人前来想要除掉她的时候，她早早提前让侍女去给帝辛报信。待到帝辛堪堪赶来之时，亦是她被折磨得险些命丧黄泉之时。

　　帝辛有多在意她，此刻对王后的所作所为便有多愤怒，她被王后用烙铁烫伤了肩膀，帝辛便下令让人烧红了整块烙铁，让王后痛不欲生；她被王后用针刺伤了眼睛，帝辛便让人动手剜掉了王后的整双眼睛。

身为天子发妻的惨死，震惊了朝野内外，因过程太过残忍，人们出于恐惧之心再不敢指责苏姬半句。

就在苏姬被封为王后的那日，她再度见到了子牙。

依旧是那袭出尘的青衣，不同的是他比上一次见到的时候更瘦，而神情也更为沉重悲伤。

他站在摘星楼外，殿中除了她以外皆被施法入睡，与她隔了数丈红尘遥遥相望。良久，苏姬才听他轻声开口："苏姬，你可知这次我是为何而来？"

她看着他手中已经完全出鞘的除妖剑，冷冷寒光只一眼，便让她明白了所有："你是来杀我的吗？"

楼外星光漫天，倒映在他的眼底是那样好看，可是他的声音却没有任何的温度："苏姬，你可知在遇见你之前的帝辛是什么模样的？"

她摇了摇头，便听他接着道："'长巨姣美，天下之杰也；筋力超劲，百人之敌也'赞美的便是帝辛。可是自遇见你之后，原本英明的王，因为爱情逐渐昏庸，原本强大的帝国，也渐渐走向了衰落。师尊对我说，要想救殷商，唯有除妲己。你可知，正是因为你的无知，你的是非不辨，让忠臣死，让贤后亡，让本可以延绵数百年的王朝岌岌可危。"

很冗长的一段话，甚至还有好些晦涩的词语，以她的文字水准照例应该是听不懂的，可是她却能听明白他是在指责她的不对，他这次来是为了杀她。

可她依旧还是不明白自己错在了什么地方，她抿着唇，十分委屈地跟他反驳："那些凡人虽然肉身死了，可是魂魄却可以进入轮回很快便可以再一次进入凡尘，我不明白为什么你总是因为别的人、别的事对我生气。"

他没有想到直到现在她依旧执迷不悟，他可以很轻松地跟同门解释那些晦涩的法典，却唯独不知道该如何教会她懂得最简单的是非善恶。

明明知道，只要杀了她，殷商可救，天下可救，但是只要想到过往数年，两人相处的种种，他手中的剑，无论如何也刺不下去。

回去也许会遭到很严重的惩罚，也许会被逐出阐教，可到底，他还是选择了离开。

只是在临走之前，他还是忍不住道了句："苏姬，如果死的人是我，想来你也不会有半点伤心吧。"

她微微一愣，待到想要回答的时候，却天上地下再寻不见他的踪影。

第六章
商亡

而后苏姬再没有见过姜子牙。

只是后来听来投奔朝歌的申公豹说，因为没有能杀了她，姜子牙回去之后受到了很严重的惩罚，之后还会被派往凡间，执行很危险的封神计划。

得知这一消息，她连夜赶回了昆仑。

屋内一灯如豆，往日翩然的青衣此刻早已被鲜血所染透，他为她受了整整一百零八鞭，每一鞭的伤痕都几乎深可见骨。

直到此时，她才终于明白，自己的所作所为，是会伤及他人的。

眼泪簌簌而落，她想上前去查看他的伤势，却被他师尊元始天尊所伤。

仙风道骨的道人冷冷看着她，声音似刀："子牙是我最出色的徒儿，可是却宁可受尽酷罚也不愿伤你半分，为了保你一命，更是揽下了凡间最危险的封神计划，毕竟若换作其他人去凡间，你以为你还能活到现在？"

她本想就此留在子牙的身边用余生赎罪，却在听闻殷商将亡之时，再度折回了凡间。

若说她欠子牙的，是用尽所有也无法偿还的命，那她欠帝辛的，便是一辈子无法偿还的情。

不管在外人看来帝辛究竟有多么不好，可他却倾其一切地给了她最好。

她还是不太明白什么是知恩图报，可是却知晓，不管回凡间是生是死，她都应该陪那少年走到最后。

朝歌城破的那一日，帝辛用最后的手段想护着她离开，可是身为王的他，却在鹿台燃起了冲天之火，选择了跟他的子民一起共存亡。

她拼了命地掉转马头想要回去救他，可最终刚刚一露出原身，便被西周神力通天的将士们抓了个正着。

很多人用仇恨的目光瞪着她，更多的人选择了用身边的一切物什一股脑地砸向她，他们都在骂她不要脸的狐狸精，都在喊着要把她处死。

为了平民愤，她最终被押往了断头台。

监斩人是子牙。

她看着高台之下满是愤怒之色的芸芸众生，本该是害怕的，可由于他在身边，她的心中却是一片平静。

因为终究明白了自己的过错，所以她没有勇气看他的脸，只是低垂着眉眼，对他很小声地说了一句："子牙，当初你问我的问题，我还没有告诉你答案呢。如果死的人是你，我也不知道我会不会伤心，可是我会选择跟你一起死。"

但眼下死的人是她，她却是那样希望，在以后没有她的日子里，他能够好好地活着，像当初初见时那样，高贵无忧地活着。

尾声

可最终，姜子牙却还是没有杀她。

他用法术做了一个幻象，让那个幻象代替她死去。

但她毕竟犯了天怒人怨的错，若出现在人前迟早都会死，所以之后姜子牙把她囚禁在了昆仑的一方天地。

只是天下毕竟没有不透风的墙，就在这不久之前，姜子牙放过她的这件事终究被人发现，捅到了元始天尊处。

众目睽睽之下，元始天尊纵使再想维护自己的徒儿，却也是无可奈何，只能选择用门规处置。

苏姬告诉我，为了随时能感应到她的存在，子牙曾经喂她吃过同心草，所以她亦同样能感觉到子牙的气息。

这里的禁锢之术极是高深，想要悄无声息地解开应是不成。

眼下救人在即，我略微想了一会儿，决定直接破坏了这水牢。

重新得见天日的瞬间，苏姬对我万分感激地行了妖族大礼，随后便一甩尾，消失在了丛林之中。

他们一个是妖，一个是道，未来定会有诸多坎坷。

可是只要他们一直在一起，又有什么过不去呢……

第五卷
《桃夭》

大多身处过黑暗之人，对
于光明都会异常执着。为
了追寻那缕缕救赎过她的温
暖，她走过千山万水，等
过沧海桑田，一念成痴。
她想，守得云开见月明，
却唯独忘了，世间之事十
有八九事与愿违。

楔子

从昆仑山出来之后，我便用最快的速度赶到了京城。

只没想到，作为关键人物的世子月坠居然不在京中，而整个安亲王府更是对他的去向忌讳莫深。

因不知晓凌让那群臭道士什么时候会突然杀到，为节省时间，我只好用妖法迷惑了安亲王的心神，然后打探到了自己想要的一切。

让我惊讶的是，那个传闻中最喜欢折腾的小世子，此番不在京中却并不是又去了何处游玩，而是跟一个颇有点道行的桃花妖逃出了京城，且还是在明知道对方是妖怪的情况下……

不过好在月坠曾带着他的心上人回过安亲王府，在采集到对方弥留下的妖气之后，我便径直追了上去。

我到的时候已是深夜，身着华衣的公子闭着双眼躺在床上，面容俊秀，眉眼玲珑，生得极是好看，看上去像是熟睡，可全身却笼罩在一层淡粉色的妖气之中，而三魂七魄也隐隐到了溃散的边缘，分明是中了妖术陷入了沉睡。

桃花妖是妖族中性情最温和的存在，以风霜雨露为食，靠日月精华为生，可是桃花煞却是最危险的存在，以精气血肉为食，靠魅惑世人为生。

之前我采集到的妖气是桃花妖不假，可眼下一样的妖气却变为桃花煞这让我分外不解。

但相对于此时少年危在旦夕的性命而言，我所有的疑惑都只能先咽回肚子里。

桃花煞没有实体，但凡出现也都是通过梦境诱人沉沦，而要想救人，也须得从梦中将其唤醒，当下我也不再迟疑，双手极快地掐了个诀，便开始入梦……

第一章
心许

但凡京中勋贵世家的子弟都知晓一个亘古不变的法则，女子以十五豆蔻为界，不管过往有多么顽劣调皮，此后为了强强联姻永保家族鼎盛，都须得接受嬷嬷调教，成为端庄典雅的大家闺秀；而男子则以二十弱冠为界，不管过往有多么纨绔不堪，此后为了出官入仕成为族中的顶梁柱，都须得发愤图强，成为文武双全的翩翩公子。

然而月坠却是这当中的例外，作为安亲王唯一的儿子，他的身份虽不如皇子们尊贵，却也相差不离。

都说皇位之下无亲疏，是以他的父王明明有着不输与任何人的文韬武略，但为了不引起皇叔的忌惮怀疑，装疯卖傻了一生，待月坠懂事以来，更是无数次地告诫他，要懂得收敛锋芒，宁可他纨绔一生也绝不要去官场崭露头角。

也正是因为如此，当月坠渐渐往而立靠拢，当所有曾经一起玩耍的世家少年都开始告别过去逐渐成为族中的骄傲，而他却依旧只是每天或拎着金丝雀在城中闲逛，或四处调戏美貌的姑娘，实在不想听那些指责他的闲话了，便带着书童奴仆去体验一番鲜衣怒马的江湖行。

中原广袤，繁华富裕的城镇数不胜数，可为了让纨绔无能的形象深入人心，因而月坠最常去的地方便是美人如云的十里秦淮。

他长得俊俏，出手又大方，甜言蜜语信口拈来，因而一直都是秦淮姑娘们的深闺梦里人，每次只要他一出现，不管是在哪阁哪楼，都能享受到最美的歌舞和最温柔的对待。

然不曾想，这次当他习惯性地准备迈进这十里秦淮最出名的沁水阁时，却生平第一次被人拒之门外。

往日一见着他便笑得合不拢嘴的老鸨，此番竟是一脸为难地将他拦下："还请月公子恕罪，并不是奴家不愿意好好招待月公子，而是眼下奴家也做不了主。"

白玉为骨的桃花扇微微一收，月坠弯了弯眉眼，看着周围不断有人拿着木牌进进出出，笑容格外意味深长："哦？是又来了什么惊才绝艳的花魁娘子吗？"

姑娘们最值钱的花期就仅有豆蔻梢头的那几年，因而在这竞争格外激烈的秦淮两岸，许多楼阁画舫都会经常捧一些姿色过人的姑娘出来敛财赚噱头。

谁知他刚以为自己已经心照不宣地想到了关键，徐娘半老的老鸨却是神情无奈地摇了摇头："月公子有所不知，这沁水阁前些日子奴家便已经转卖他人了……"

　　青楼本就是以绝对利益为主的地方，是以有关主人的替换月坠倒是一点也不意外。只让他没想到的是，此番接手沁水阁的人是个出手阔绰的年轻姑娘不说，在接下之后居然自己挂牌，设琴棋书画诗五关，能一一胜过她者方才能入阁一睹芳容。

　　而眼下距离她挂牌之初已经过去大半个月了，每天有无数自允才高八斗的文人墨客前来，最后都垂头丧气而返，这也导致了沁水阁名气大盛，慕名前来的人更多。

　　"你们的主人真如传闻中那般美貌？"月坠微笑，对这种哗众取宠的方式似不以为然。

　　老鸨神情慎重，好半晌才看着阁中灯火最高处，缓缓吐了四个字："当真，绝色。"

　　沁水阁的老鸨是这十里秦淮难得的实诚人，她的话月坠并没有怀疑，所以当下便彻底收拢了折扇，带着书童狗腿领了排队木牌去了人群末端。

　　这一等便是一夜，快轮到他的时候天色已快临近破晓，前来接待的侍女面无表情地告诉他明日请早，今儿个主人已经累了。

　　好在月坠原本就没有打算规矩地遵守游戏规则，当侍女话音一落，他便足尖一点，扯过一条从楼顶施然垂落的彩绸，在众人的惊叹声中，直接落在了最高一层的楼阁，而后直接用内力推门进了屋。

屋内一灯如豆，并没有想象中的浮华，反倒多了许多一点也不应该在青楼出现的青竹书架，而那传闻中的沁水阁主人，此刻正拿了一卷古册斜倚在窗边，白衣胜雪，黑发如瀑，明明是浓艳到极致的眉眼，却偏偏让人感到有一种说不出的冷。

见他突然闯入，女子似有些意外，微微侧头，没有任何温度的目光便从书册转移到了月坠身上："这个时间，我不见客。"

声音似珠玉坠盘，干净得没有半分缠绵，可就在她抬眸的瞬间，月坠却好似听到了万千繁花竟先绽放的声音。

所谓一见钟情，大抵也不过如此。

分明是往日极端唾弃的词语，此刻想到却觉得万分妥帖，拂袖关门，月坠利落上前落坐窗边另一侧的软榻，收敛了所有的轻浮，看着她的眼，肃穆道："所谓客，迟早会曲终人散，而我却并不打算成为那匆匆而过的客。"

许是没有料到他不仅没有识趣地离开，反而会说出这样一番话，女子蹙眉，神色似有些不奈："听你的意思，难不成是想留在沁水阁不成？"

"不。"月坠摇头，语气从未有过的郑重，"我只是想带你离开，许你一世长安。"

话音未落，女子扬唇，似听到了一个格外好笑的笑话，笑声良久才停。

再然后，月坠见她以极快的手法拂开了窗，在他还未来得及反

妖夜回廊

105

应的时候，便被她一掌推出了窗外。

风声呼啸间，他听到她淡淡的声音从楼顶飘然而下。

"一世长安？我不需要那种东西。"

那是月坠和桃华的第一次初遇，他迫不及待地想要掏出真心，可是她却以绝对强势的姿态把他丢出了阁楼之外，半点也不稀罕。

"落花有意，流水无情"这句古文，在此时此地得到了最好的诠释。

第二章
钟情

这些年月坠的草包形象在京城有多让人津津乐道，他那一身锐不可当的武艺便有多深入人心。甚至很多人都在感叹，如若他能稍微聪慧一点，如今大齐的第一战神之名恐怕也轮不上那谁谁谁了。

但就这样的身手，却在桃华的手下没有撑过一个回合，着实让月坠自己也备受打击，连带他那想要护她一世长安的话也顷刻间成了真正的笑话。

若是一般男儿自信心被人挫败到如此地步，想来也是再羞于去见人了。

可偏偏翌日黄昏一到，桃华便听到大厅又是一阵喧哗，她随意拨开了珠帘往下扫了一眼，便看见一袭华衣的月坠带着书童翩然立在了厅中。

似察觉到她的目光，月坠笑容渐深，露出了两颗极是乖巧的白白虎牙："昨日是我唐突了，今日便照着姑娘的要求来。"

　　搁下手中的书册，随意拿过一旁的瑶琴，琴音响起，桃华冷冷断言："不自量力。"

　　月坠继续眯着眼笑，也不答言，只是在琴音刚过第一段的时候，吩咐书童也拿出了一把瑶琴，修长的十指抚在琴弦上，赫然是与她一模一样的曲调。

　　桃华抚琴从来便是随心所欲，自成乐曲，从不抚弄那些当世名曲。也正因如此，所以直到现在也没有人能够超越她，可眼下月坠不仅弹着跟她一样的曲调，甚至还渐渐地追上了她弹奏的速度，不仅如此，越是往后，月坠的琴音便越是清悦婉转，比之她只是技艺高超的弹奏更多了几分娓娓动人，待到一曲罢了，不用桃华吩咐，侍女们便已经任由月坠带着书童走到了以往从未有人踏足过的第二楼。

　　碧玉盘，黑白子，月坠随意入座，很是有风度地表示让桃华先行落子。

　　一炷香之后，桃华挺直了脊背，再开口时语气已经多了几分沉重："你的名字？"

　　"月坠。"月坠抬眸浅笑，"上弦月，白玉坠。"

　　"安亲王世子？"目光如水落在棋盘，此时她所执的白子已被他的黑子杀得片甲不留，桃华若有所思，"外界传闻中的皇室草包？"

107

月坠不言，似默认又似无话可说。

想到他的身份处境，桃华顿时明了："你倒也当真不易。"

而后第三局书法，第四局工笔画，第五局斗诗，桃华皆一一落败。

"你胜了。"对于这般结果，桃华倒也丝毫不扭捏，后面的几番比试她都输得心服口服，只唯独先前的琴音落败让她很是困惑。

而对于她的疑问，月坠则是相当直接地颔首道："我能弹得那样好，都是因为我喜欢你呀，所以想把最美好的乐音弹给你听。"

他有想过桃华会恼羞成怒，也有期盼过她会娇羞难言，却唯独没有想到她沉默半晌之后，居然转身进了里屋拿出一个包裹背到了身上，然后平静如水地问他："你先前所说的想要带我离开可还算话？"

月坠先是微微一愣，而后在明白她所言之后，当下便想欣喜若狂地点头，但在抬眼触到桃华没有任何情感起伏的双眼时，却又生生换作了一句："为什么又突然愿意跟我走？"

毕竟是自己喜欢的姑娘，是自己打定主意要好好相待的心上人，月坠觉得自己有足够的理由应当慎重弄清楚桃华的想法。

"很简单。"桃华抬眸，声音依旧清冷如霜，可说出来的答案却让月坠瞬间从天堂跌入了地狱，"因为你的琴棋书画造诣很高，几乎是我这些年行走凡间遇见过的最厉害的凡人，跟着你继而超越你，我才有足够的把握去博得师父的欢心。"

月坠的笑意僵在了唇角，开始有一种很不好的预感："凡间？

师父？”

桃华点头：“如你所想，我的确是妖，柤阳山的大妖楚裘是我师父。师父曾经很喜欢一个叫姹萝的凡人公主，那个公主琴棋书画样样精通，去世之后师父也一直对她念念不忘，此番我到凡间就是为了将琴棋书画这些习至巅峰，只有如此我才有可能取代她在师父心中的地位。”

月坠觉得自己快要在夜风中狠狠凌乱了。

不是说的这世上并没有妖怪，就算有妖怪也只会在暗夜里偶尔出没害人，为什么他好不容易动心一次对方是妖怪不说，偏偏对方还早已有了心上人？

有那么一瞬间，月坠无比希望自己是在做梦。

第三章
须臾

若换作以前，若有谁跟他说，他喜欢的姑娘另有心上人，可是自己却依旧心甘情愿地陪伴她走遍千山万水，哪怕明知道她是为了另外一个人追寻的旅程，那月坠肯定会认为那人是个彻头彻尾的傻子，并且坚决不相信这滚滚浮世中真的会存在这样的人。

可如今当他真的陪伴着桃华从郁郁青葱的江南走到了天寒地冻的祁连山脚，只为去寻找那传闻中的琴艺大家，他这才惊觉，自己竟然不知不觉间便已然成了那传说中的傻子。

在旅途万分艰难的时候，月坠也曾想过，天涯何处无芳草，何必单恋桃华这个一点也没有把他放在心上的无情桃花妖，可每次只要桃华一驻足，一回头，只面无表情地对他唤上一句："月坠，你怎的还磨磨蹭蹭不快跟上？"他所有谋划的义无反顾，所有打算的转身就走，便顷刻间被他遗忘到了九霄云外。

或许最开始他会因为她妖怪的身份而有些忌惮，害怕对方利用完自己之后便把自己作为增加功力的肥料。可渐渐当两人相处的时间越长，他对妖怪的了解越深，便再没有了当初的担忧。他只是忍不住想，能被她那样憧憬的妖，究竟是怎样的风华绝代，才能让她一念至今。

有时候行至荒郊野外，两人天为席地为被地并肩相伴入睡时，面对满目星辉，她也会像凡间所有思念心上人的少女一样，跟他说一些想当年的往事。

想当年她还只是柨阳山一株最普通的桃树，因每年花开得格外茂盛喜人，便被楚裴移进了家中后院。之后因为每日楚裴都会在树下修炼的缘故，她耳目渲染之下也渐渐开了灵识。

彼时的柨阳山因为修炼资源匮乏，很多妖怪为了增强自己的功力都会猎杀一些低阶的小妖，然而作为大妖的楚裴却宁可不要正果，也未曾向任何一只妖怪动手，哪怕是那些贪婪前来想要对他不利的妖。

要知道，妖界是以强者为尊的世界，也正因为如此，尽管楚裴妖力高强，可在妖界却是人人都不屑往来的存在，就连当时的桃华,在修成妖身之后也是迫不及待地离开了他,唯恐被他软弱的名声所牵连。

桃花妖的样貌饶是放眼整个妖界,都是极好的。桃华知道如果仅凭自己那点卑微到可怜的妖力别说妖界,就是在柤阳山的地界也是极难活下去的,但好在她也清楚自己的美貌,所以很快利用这点替自己寻到了靠山。

先是东边山头的蛇妖,而后又是西边地界的赤犬,她就这样一个主人接着一个主人地轮换,利用别人的爱慕信任拿下了一个又一个的大妖,用他们的鲜血为自己的正果铺路。

但天下并没有不透风的墙,不过须臾数百年,整个妖界便知晓有一个美艳无双的桃花妖,为了增强妖力极是不择手段。

妖族之间并不是没有往来,相反很多妖族为了壮大都会和差不多强大的妖族结盟,也正是因为如此,当桃华再一次魅惑了山魅一族的少主,并取得他的内丹让自己功力大增之后,一向在妖界人缘甚好的山魅一族,便连同所有被害的妖族一起对她下达了必杀令。

纵使她当时妖力已经堪比大妖,可到底她只是势单力薄的一人,面对来自整个妖界的追杀,她根本无力抵抗。而此时,不管她有千般风情万般美貌,那些往日对她殷勤不断的妖都无一不对她退避三舍。

不过短短数日,她从最风光无限的存在,就落到了快要走投无路的下场。

在最绝望之际,她回到了柤阳山,回到了她最开始成长的地方，想要在此迎接她最后的死亡。

可是，就当山魅一族追随着她的妖气一并施施然落地的时候，已经许久未曾见过的楚裴竟恰好也在此时出现，将她护在了身后。

蒙蒙细雨中，她听到他说："桃华好歹也是因为我的缘故才修成了妖，纵使我未曾亲自教导过她，可到底还是有这份因果的存在。再者，她是我杻阳山的妖，身为杻阳山山主，我有义务替她所犯的错承担最大的责任。"

"楚裴，你疯了吗？"话音一落，山魅一族便忍不住开口，语气极是不敢置信。

可桃华看着眼前那亭亭而立的颀长背影，却是伸手捂眼，忍不住泪如雨下。

原来她的偷师所学他都是知道的，可是他非但不曾责备于她，反而还想要借此保护她。

杻阳山山主，在杻阳山的妖族中毫无地位，可是每当杻阳山的妖有难，他却总是毫不犹豫地站出来，相比妖界诸多卑鄙无耻的妖，他更像是传说中博爱宽容的神。

最终在拿走杻阳山的镇山之宝和楚裴整整一千年的妖力之后，山魅一族这才同意放过了她。

她欠楚裴的，除了命，还有还之不尽的恩。

也是自那以后，桃华便拜了楚裴为师，收敛了过往一切的乖戾张扬，开始学做一个心平气和严于律己的妖。

之后不久，楚裴因事去了人间，再回到杻阳山，却带回了一个模样清秀的凡人姑娘。

他说，那是他喜欢的姑娘，希望桃华能和她好好相处。

她除了杀人和玩弄手段以外，其他的什么都不会；可是那个姑娘却能弹出让鸟雀都陶醉的音乐，能够画出让蝴蝶都为之倾倒的繁花。桃华性子极冷，再加上憧憬楚裴的缘故，每每遇见她都很是不客气地或嘲笑或戏弄，但每每面对她的刁难，那姑娘都只是眉眼弯弯地笑，也不曾在楚裴面前说过她任何的坏话，甚至楚裴送她的好东西，只要她喜欢，她都会毫不犹豫地送给她。

面对这样的姑娘，桃华发现自己根本就没有办法讨厌。

好在凡人一生不过须臾数十年，再加上她自己不愿为妖的缘故，最后终于在一个大雪隆冬的夜，于柤阳山去世。

自那以后，楚裴不再去人间，也没有再接纳过任何的姑娘。

一百年，两百年……无数的光阴就这样过去了，在桃华看来再深的感情也应当随着时间的飞逝而被淡忘，可是楚裴心底却依旧只有那个笑容温柔似新月的姑娘。

桃华不甘心，她想，他之所以那样喜欢那个姑娘，大抵不过是因为那个姑娘弹得一手让人惊艳的凡间技艺以及这个妖界所没有的见识阅历，所以，她义无反顾地来到了人间，日夜不停地学习，想的就是有朝一日能够在学有所成之后取代那个姑娘在楚裴心中的位置。

语到最后，桃华回过身，看着月坠的眼，声音从未有过的认真："所以月坠，你一定要尽你所能帮我，在我看来，你比那姑娘还要厉害数倍呢。"

月坠垂眸，良久桃华才听他轻轻应了一声："嗯。"

尾音缠绵，似有道不尽的苦涩。

他的心上人离他那样近，分明一侧耳便能听到她的心跳，可是一闭眼，却又感觉她那样远，远到就算他用尽余生的追逐，也只能看着她耗尽心血地去描绘另外一个没有他的未来。

第四章
地狱

在证实了那个所谓的琴艺大家实际上并不存在，而只是世人以讹传讹的杜撰之后，两人便决定不再停留，转而打算去那个有名的书法大家故里——琅琊。

从祁连山到琅琊此去一路甚远，又因寒冬即将到来的缘故，两人便决定在附近的城池先采买一些御寒的衣物。

以两人的脚程到达最近的城镇只需一两个时辰的工夫，可真当他们趁着天黑赶到城镇时，却发现周遭一切都很是不同寻常。

整个城池虽然到处都是人，可是每个人的面容都带着一种病态的白，而且不管是在行走的路人又或者是在招呼生意的商人都看上去精神格外恍惚，好似一不小心便会倒在地上昏睡过去，而且眼下分明是艳阳高照的正午，可是整个城池的上空却好似笼罩了一层挥之不去的阴云遮住了所有的日光，让人感觉格外沉重压抑。

"这里……有些不对劲。"进了城门没走多远，就连桃华也不由得微微止步蹙眉，"分明没有妖气，却让人感觉到说不出的难受。"

月坠早就被这里的阴森气氛弄得有些不自在，是以桃华话音一落，他便接口应道："那不如我们去下一个城镇好了。"

桃华点头，两人当下便开始沿路往城门方向返回。

可是一个时辰、两个时辰……

直到夕阳西落，整个城池渐渐燃起了万家灯火，不管他们从哪个方向走，最终都还是会回到最初止步的原地。

而与此同时，忽而又近在咫尺的城楼之上，竟隐隐有飞扬的男声缓缓传来："果然是跟记忆中一模一样的桃花香。桃华，从你踏入这座城池的第一步开始，我便知晓是你。"

月坠下意识地回头，便瞧见桃华一向平静的面容，此刻竟罕见地出现类似晦涩的情绪，然而他还未来得及开口问她，便瞧见她几步上前将他护在了身后，用分外决绝的声音对着城楼朗声道："羚锐，总归是我对不住你，你想报仇就尽管冲我来，我身后的凡人是无辜的。"

也直到那时，月坠才知晓，山魅一族在得到杻阳山的至宝和楚裴整整一千年的妖力之后，便利用那至宝和妖力替他们的少主羚锐在凡间重塑了原身，而羚锐在清醒之后，因为魂魄不稳暂不能回妖界，这些年便一直在祁连山附近以凡人的精魂之力将养自身魂魄，眼下他们就是因为一个不慎，恰好走进了羚锐所控制的城池。

"呵……"羚锐轻笑，足尖一点，从城楼之上一跃而下，紫色华衣翩跹似蝶，他看着那个记忆之中从不曾相忘的女子，语气格外愉悦，"若你不曾这般维护他，我兴许还会放他一条生路，毕竟当初毫不犹豫杀了我的只有你，可眼下你护着他，这让我很不开心，所以不如大家一起下地狱好了。"

有多爱便有多恨。

想当初自己将真心捧到她面前，却被她践踏到尘埃，还因此赔上了性命，一直耿耿于怀到如今。所以眼下尽管羚锐明白自己只要再坚持百年时光便可再度返回妖界做呼风唤雨的王，最终他却选择了用所有的力量打开了通往饿鬼地狱的通道。

不求同生，但求同死。

所谓饿鬼地狱，即是指不管是人是妖坠入其中都会被饥饿折磨，从而互相残杀最终泯灭人性，成为只知道不停吞食的恐怖地狱。

这种地狱本就是阎王为了惩处凡间恶人的存在，所以此番羚锐逆天打开地狱的瞬间便因天罚而彻底消散，坠入地狱的便仅有月坠和桃华两人。

作为从小锦衣玉食的安亲王世子，月坠从小到大便不知饥饿为何物，而作为只需要吸食日月精华便能存活的花妖，对于饥饿桃华更是一点也没有概念，所以当坠入地狱，饥饿袭来的瞬间，两人都不由自主地紧捂腹部满脸苍白。

"我们不能在原地坐以待毙。"用力撑着旁边已经枯死的树木，月坠勉强站起了身，"地狱再大总归会有尽头，我们一定可以走出去。"

"嗯。"桃华点头，抓住他伸来的手，强撑着身子也一并站了起来。她还没有超越那个姑娘，她还没有回到妖界，她还没有让楚裴移情别恋地爱上她，又如何能死在这样的地方？

初坠地狱，尽管四周枯骨遍地，阴暗森林延绵看不见尽头，可是两人却都满怀希望不曾放弃。

可渐渐的，随着他们在地狱的时间越来越长，饥饿的感觉持续不断地加剧，有好些时候两人甚至都对周围的树木枯骨产生了一种想要不顾一切吞食的冲动。

如此一晃便又是十天，最终因为在地狱没有妖力的支撑，桃华先一步跌倒在地，而后便开始颤抖着手想要抓过地面的枯骨吞食。

可就在她准备把枯骨放进嘴里的时候，却有一双修长孱弱的手制止了她的动作。

"这里的东西只要吃上一口，兴许我们永远到死都只能留在这个地方。"拿下了她手中的枯骨，他伸手将她揽进了怀中，以格外珍重的姿态紧紧拥抱了她一下，而后便拔出身上的佩剑，毫不犹豫地划开了手腕，在鲜血流出的瞬间，将手递到了她的唇边。

鲜红的血映衬着皓白的腕，在这个幽暗的地狱中看上去格外凄艳，也格外诱人。

桃华怔怔抬头，好半晌才紧握着拳头攥回一丝理智，问他："就算明知道我喜欢楚裴，你也要这么做吗？"

月坠点头，将流血的手腕又往她唇边挪近了几分："在凡间时，为了安亲王府上下平安，我只能拼命掩藏自己的才华，任由自己过碌碌无为的人生。可起码，在这个地狱，我想要用所有的力量，去保护我心爱的女人。"

他这一生，何其有幸，却又何其不幸。

幸运的是，生在最尊贵的皇室，可以不用为衣食烦忧，还在有生之年遇到了怦然心动的姑娘；然而不幸的是，尽管他天生聪颖，却不能有丝毫作为，好不容易有了心上人，可是他的姑娘心心念念的始终都是他人。

但那又如何呢？

他依旧想要保护她，想要她活着，有这样的理由，便已然足够。

因为他的坚决，桃华最终还是没能拒绝他的好意，可是却也格外小心地吸食那些血液。

这些年她在凡间走过很多的地方，见过很多的情人，因相爱而结合，又因利益或生死攸关而反目相杀，从未有过谁，像她面前的男子这般，在安稳现世对她千依百顺给予她最真最好，在无边地狱，依旧事事以她为先，哪怕让她活着的代价是以他的衰弱死亡为代价。

如果说当初楚裴保护她，让她感激不尽进而产生了憧憬，那么眼下，这个小心背着她在地狱行走的普通凡人，却是让她真正知晓，何为视她如命。

也直到那时，桃华才明白，月坠一开始所说的护她一世长安，原来从来便不是什么随口拈来的轻浮情话。

尾声

最终因为月坠的坚持，两人终于走到了饿鬼地狱的边缘。

桃华除了饥饿产生的衰弱以外，其他并无大碍，反倒是月坠因为失血过多和疲劳过度，险些一命呜呼。

从地狱出来之后，桃华就这样日夜不停地守着他，不住地用妖力替他疗伤，用了整整七日时光，方才让月坠堪堪醒转。

至此，经过生死相依的两人，终于情定。

而月坠也在伤好之后，便迫不及待地将桃华带回了京城。

可不巧的是，因为先前海妖出现的缘故，京城中还有许多蜀山道士未曾离去。

因此月坠刚刚带桃华回家，便有道士察觉到了桃华的妖气，不由分说地动手。

面对蜀山高深的道法，月坠无能为力，哪怕拼命带着桃华拼命外逃，却还是只是被道士们追上，眼睁睁地看着桃华被打成重伤，再无法凝聚实体。

为了跟桃华在一起，月坠主动提议让桃华变成可以入梦的桃花煞，然后自己再舍弃肉身，永远地留在梦中。

桃华最开始觉得这个主意甚好，两人在梦中可以创造出一切，可当她偶然梦醒，看见月坠的身体越来越衰弱，却终究还是不忍心那般自私地让他陪她死去。

"素卿姑姑，所以算我求求你，哪怕是用强迫的手段，也一定要将月坠从梦中带出去。"

在我看清楚这所有的前因后果之后，桃华亦随之在梦中显身，"扑通"一声，跪在了我身前。

"可是，那样的话，你会死的。"我分外不忍地别开了头，要将月坠带出去不难，可难的却是对这样一个至情至性的姑娘动手。

"更何况，他那样喜欢你，出去之后也恐怕一生都将活在回忆之中？"

见我没有彻底拒绝，桃华又恭敬地对我行了一礼，这才含泪笑道："姑姑，您难道忘了吗，若是桃花煞死去，连带着她曾经所有的存在，都会一并随着梦醒而消失。"

最终，因为我迟迟不肯动手，桃华在吻了吻月坠的额头后，便自己散灭了最后的元神。

从此天上地下，再没有了月坠喜欢的姑娘，亦再没有了一个名叫桃华的绝色花妖。

第六卷
《青鲤》

皇宫内院，三千宫阙，难得
痴情种，难得一心人。若我
为你披荆斩棘，你是否愿许
我朝朝暮暮。

楔子

虽然答应了桃华要将这段往事永远尘封，可真当月坠一脸茫然地从梦中醒来，我却依然觉得万分感慨。

曾经那样深刻的感情，那样喜欢过的姑娘，就这样一睁眼一闭眼的工夫，彻底烟消云散。

在桃华的回忆里我已经知道了月坠并不是传闻中那个一无是处的纨绔，可不知是不是我的错觉，在他清醒的瞬间，我竟感觉到了一种无法言喻的危险，但当他抬头用惊讶的目光看着我的时候，那种危险的感觉却又徒然消失。

"我怎么会在这里？我不是应该在南海寻找鲛人一族吗？"

"……"

"你又是谁？"

"……"

因为桃华在梦境里并没有伤害他，所以醒来之后月坠除了魂魄有些虚弱以外其他并无大碍，但我却没有料到，他这一遗忘，居然连海妖的线索也一并中断，在他的记忆之中他现在赫然应该还在苍茫大海上寻找那些传说中的美丽鲛人。

也就在此时，我发间的鲤鱼簪突然蓝光闪烁，那形状精致的翠玉小鱼竟拼命甩动尾巴想要从发簪的禁锢上挣脱。

那发簪是昔年我最好的姐妹流滢用她刚修成人形后的鱼鳞所化，里面有她的眉心精血，而我也赠了她一块精血凝成的玉佩，为的就是哪怕相隔万里我们也能通过那些物什知晓对方是否安好。

　　眼下小青鲤动荡不安，一看便知流滢肯定遇到了极其危险的事，加之想到青鲤一族有修复记忆的神通，所以当下我便不顾月坠的抗议，也顾不得妖气波动是否会引来凌让那群蜀山道士的追踪，直接把他扛在肩上急忙驾云飞遁。

　　按理说一般人被妖怪带着腾云驾雾地奔波了一路，就算不被吓傻也应当会有所恐惧，但月坠这厮许是从小就对妖魅传说比较痴迷的缘故，并没有我预料之中的害怕，反而还兴奋地表示就算寻不到鲛人，让我跟他回去随便露一手，也足够京城那些与他不对付的纨绔傻眼了。

　　但那时我已经从桃华那里得知他不过是在借着装傻来掩饰自己的过人聪慧，想到桃华让我照看他的遗愿，我想了想，便侧头看着他道："自古无情帝王家，若上位者对谁动了杀心，就算忠诚如岳飞等千古名将，最终也是下场凄凉。与其装疯卖傻却命悬一线，倒不如索性进入朝堂，一旦拥有实权和声望，君王就算想要动手，恐怕也得仔细掂量。毕竟，要扼杀一个小鸡仔容易，但面对一只凶狠的苍鹰，却没有谁胆敢轻举妄动。"

　　月坠闻言，怔了好半晌，随后便弯着眉眼极其开怀地笑了起来。

　　他本就是胸有丘壑的大才，再加上我本是妖对他又没有任何的

123

威胁，他想通之后，就收敛了方才的轻浮之色，动作优雅地对我拱手，举手投足间俱是贵气风流："先前我与父王都自误了，多谢姑娘点醒。"

我略微点了点头，因时间紧迫的关系，随后一路便抓紧了时间赶路，不再多言。

第一章
王宫

尽管如此，当我赶到的时候，依旧还是晚了。

大曜国是与中原的明曦国齐名的泱泱大国，是福泽深厚之地，昔年流滢第一次跃龙门失败受伤，便一直栖息在皇宫的花园水池中借着帝王的龙气慢慢养伤。

我最后一次见她的时候，她虽还不能化作原形，但是却从那次失败中窥到了天道的机缘，她在水中甩着鱼尾，语调欢喜地对我说："素卿，待我伤好便去再跃一次龙门，待我成仙之后，力量便会更加强大，到时候说不定你我二人联手便能重新打开混沌之门，你便不用再四处奔波辛苦地去寻找妖族搜集力量了。"

那时候的她满满都是生机勃勃的朝力，看上去暖若骄阳，总是能让与她相处的人如沐春风。可如今再相见，她已经又恢复了当初清丽无双的人形，胸口处插着一把仅余刀柄在外的漆黑匕首，大片的鲜血染红了她华丽的裙裾，再瞧不出任何的生机。

身着玄色龙袍的年轻天子紧紧地将她拥入怀中，神情痛苦而绝望，好似已经失去了他的整个世界。

许是听到我靠近的脚步声，沉浸在悲伤中的帝王未曾起身，只漠然道了一声："再靠近朕的滢儿一步，死。"

几乎就在他话音一落的瞬间，有一把长剑袭面而来，饶是我用最快的速度拉着月坠避开，那把剑也依旧削断了我耳旁些许散落的长发，随后带着森森戾气径直没入了左侧的宫墙。

在我的印象之中，就算再残暴的君王也甚少亲自动手杀人，可刚刚若是我动作慢上一分，他投掷过来的剑便会刎上我的头颅。没有人想被人莫名其妙地杀掉，想来这也是为何这大殿周围没有任何侍卫的真正原因。

略微整理了一下被我拉扯凌乱的衣襟，月坠微微挑眉，语气颇有些惊讶："传闻大曜国君洛千尘虽在政事上英明神武励精图治，但脾性却极为好虐嗜杀，容不得他人半点忤逆，没想到竟是是真的。"

对于月坠这般无理的话，那人依旧没有任何反应，只是周身气势越发冷凝，好似只要我们胆敢做出半点让他不悦之事，下一刻他必将取我们性命。

尽管我明白他一点也不想让任何人打扰，我却依旧用了瞬间移动，径直出现在了他身侧，用妖力轻易扼住了他的喉咙，面无表情地看着他道："别想用你们人间的尊卑束缚于我，我只问你一句，我的姐妹流滢她是怎么死的？"

师父是妖界之主必须一直待在妖界，所以自我懂事起，便从未想过飞升成仙，自然不惧正果雷劫。

我与人为善，遵守凡间规则，从不伤害任何凡人，是因为师父希望我善。

但如若有人伤害到我在意之人，就算那人是九天之上的神，我也必斩他项上人头，祭我友之灵。

分明是极为狼狈屈辱的姿态，可却依旧无损青年的半点风华，他有着一双极为好看的蓝色眼眸，长睫若翎，轻轻抬眸的时候，眼中好似揉进了大片璀璨的星光。

因为疼痛的缘故，他原本涣散的目光渐渐凝聚，在看清自己的处境后，不仅没有半点慌乱，反而微微扯了扯唇角，露出了一抹极淡的笑。他说："你便是滢儿生前时常念叨的姐妹素卿吧，朕等你很久了。"

凡人的武功纵使再强于我而言也没有任何威胁，察觉到他想要说话，我索性松开了手，冷声道："等我？"

在重新恢复自由的第一时间，洛千尘先将流滢重新搂入怀中，替她仔细拢了拢鬓边微乱的发，才徐徐道："世人皆是污秽之物，没有资格接近我的滢儿。我曾许诺过她，生同衾死同椁，待我与滢儿共入棺木之后，还请素卿姑娘帮忙将我们的棺材一同焚化了吧。"

我顺着他的目光看过去，那是一口无比奢华的金丝楠木棺材，外绘有各种栩栩如生的祥瑞仙兽，内里铺着锦绣华缎玉枕珍宝。帝王规格的棺材一般都仅容九五至尊一个人躺在里面，可那口棺材却是两个人的规格。

洛千尘说："要打造这样的棺材，一般要工匠耗费许多年的时间。自我少年登位便寻人在做，从那时候我便想着若有朝一日我要离开尘世，我必也要将滢儿带在身边，若她先我一步离开，待我寻到有资格替我们入殓之人，便随她而去。"

第二章
年少

夜风吹拂，窗纱飞舞，烛火晃荡间，洛千尘苍白的容颜越发俊美若妖。

他说："遇到流滢的那一天，是我这一生最绝望的时刻。"

他的母亲雪姬是依附大曜的一个属国送给大曜勋贵的礼物，但雪姬不甘心一辈子只为玩物，再加上当时的国君与这勋贵私交甚好，素日里时常会到勋贵家中与其搏酒对弈，雪姬便用美人计让君王看上了自己并带回了宫中。

按理说外族女子入宫之后应该很难掀起风浪才是，但雪姬不仅生得倾国倾城，还十分擅长掌控人心逢迎君王，一年后当洛千尘诞生，一入宫便被封了嫔的雪姬，更是被破格加封为了贵妃。

宫中无天真，再加上母亲的教导，洛千尘很小的时候便明白他们母子赖以存活的根源便是君王的宠爱，在宫外的孩子还在自由玩闹的时候，他对外已经懂得戴上乖巧懂事的面具去讨君王重臣的欢心，对内已经知晓用刑罚和好处调教对他有用的棋子，对待年龄相差不大的兄弟手足他更是谦和有礼从不与他们在人前有任何冲突。那时候的他并没有问鼎王位的野心，平生最大的愿望不过就是能与母亲在宫廷平安到老罢了。

可尽管如此，他的优秀依旧让其他的皇子产生了忌惮，先是他过于得宠的母亲莫名病逝，接着他在替母亲守灵的当晚，竟被人掩住了口鼻丢入了冷宫中最阴冷偏僻的碧水池中。

森冷阴寒的池水淹没了他的身体，也引发了他所有的恐惧和怨恨。

当他以为自己终将这样悄无声息地死去时，一双纤细柔软的手却轻轻环住了他的腰，将他慢慢带向了水面。

此时皇子内侍们早已离去，冷宫中又恢复了以往的沉寂，那人将他带出水面之后，并没有松开他，而是将他小心抱入了怀中。紧接着他便感觉一阵沁人的暖意顺着他的腰间流淌蔓延到全身，驱逐了他身上的阴冷疼痛，将他缓缓从地狱拉回了人间。

那会儿他意识正模糊，尚不能睁眼，只听到有娇嫩轻灵的声音在耳旁絮絮叨叨地说话。

"你这小家伙还算有福气，今日刚好遇到本姑娘终于又能再次化为人形，要知道昨天我还是条不过二尺来长的青鲤罢了。"

待他身体差不多回暖，她方才抬手摸了摸他冰凉纤细的小胳膊："你身上有龙气，明明也是皇储，那些浑蛋怎么就敢这样明目张胆地欺负人呢？真是个可怜见的小姑娘……"

　　许是因为她救过他，又许是因为在洛千尘的眼里就算是妖魔鬼怪也比那些人面兽心的家伙可爱太多，他并不害怕她那骇人听闻的身份，甚至对还对她的身份由衷感到安心。

　　他也知道自己样貌过于秀丽瘦弱，平日里便对这些类似姑娘的言论分外敏感，再加上此时经过了一会儿调整他已恢复了一些力气，听闻此言，他猛地睁眼下意识地脱口而出："闭嘴，说谁小姑娘呢！"

　　清冷月色下，少年蓝色的眼眸恍若雨后最晴朗的天空，说不出的干净澄澈。

　　"长得这么可爱，居然不是女孩子。"直到被那双漂亮的眼睛愤怒地瞪了好了一会儿，流滢方才有些委屈地摸了摸鼻子，继续嘟囔，"而且，这画风不对啊。就算你不感谢我的救命之恩，也应该先感叹一下我的美貌啊！还是说男孩子的年纪太小无法懂得分辨世间的美丑？"

　　洛千尘："……"

　　因为力竭，后来洛千尘便模模糊糊地晕迷了过去，也没有听清流滢又说了什么。

　　待到他醒来的时候，已经是翌日黄昏，身旁围满了宫人太医，却唯独不见了容貌秀丽的少女。

　　所有人都在感叹他的大难不死是他母妃的在天之灵保佑，唯有他自己知晓，若非那个不知名的话痨妖怪搭救，他此时早已成了冰凉的尸体。

第三章
守护

本来对于母妃的突然暴毙，洛千尘就觉得事有蹊跷，此番他的遇险落水，更让他肯定了自己的猜测。这所有的一切都绝非意外，当真是有人希望彻底除掉他们母子。

他虽为皇子，可是在这深宫后院他的生死性命却连一个体面一些的奴仆都不如。

他想要活下去，他想要替母妃讨回一个公道，他不想再过这样任人欺凌的日子……可是这宫中却没有一个他信任之人。

月华如水，尽是寒凉。

他抬眸看向冷宫的方向，良久，终是下定了决心。

他翻遍了所居住的宫殿，将那些最值钱的珍宝都带在了身上，随后趁着寥寥几个宫人都已沉睡之际，用生平最快的速度跑到了冷宫的碧水池旁。

然而也不知是他运气太好，还是流滢的运气太差，他赶到碧水池旁的时候，她恰好也打算趁着夜深人静之际浮出水面吸取日月精华。

几乎是看见流滢的瞬间，跑得气喘吁吁的少年便笔直地跪了下去，他捧着那些琳琅满目的珍宝，用最虔诚的语气乞求道："求求你，帮帮我。"

只有真正濒临死亡的人，才知道能够活着，是多么幸福美好的一件事。

这些年间流滢看过很多的生与死，凡人的一生对于生命漫长的妖怪而言，犹如浮游，朝生夕死一晃即过。她会出手救他，一是因为那会儿她恰好恢复了人形，二是她听闻心怀善意的妖怪，他日飞升天劫也会比那些作恶多端的妖多上许多。

但救人是一回事，要长时间保护一个人的安危又是另外一回事，是以面对洛千尘的请求流滢并没有立马回答。

察觉到了流滢的迟疑，单薄稚嫩的少年慢慢在夜风中站起了身。

他仰脸看她，唇角慢慢上扬，可眼底却有着仿若看透世事的疲惫："我知道，在这世上要得到一件东西就必须要先付出一些东西。不管是灵魂寿命也好，金银珠宝也罢，只要你能让我活下去，为此我愿意付出任何代价。"

他还那样年轻，他还有那么多的事情没有去做，他无论如何也不想让生命就在此终结。

他渴望活着，就如她渴望正果一般。

许是少年倔强的模样像极了当初挣扎求存的自己，又许是这么多年来第一次遇到不害怕她存在的凡人，流滢沉默良久，终究还是慢慢将鱼尾化作了双腿，姿态婀娜地走到了他身前。

她没有接过他怀中的珍宝，只是伸出修长如玉的柔荑，拿了一颗他白日揣进衣兜里忘记吃掉的松子糖丢进了嘴里，眉眼弯弯地看着他道："我既收了你的东西，便一定会护你平安，从今往后，你不会再有性命之危了。"

他微微怔住，有些不敢相信自己的耳朵。

流滢也并不介意，只是眉眼弯弯地道："难得你这小家伙不害怕我，不过在这皇宫之中想要活下去，仅仅是依靠他人的庇佑全然不够，只有当你自己变得足够强大，你才能够无所畏惧地活着。"

他抬眸看她，依旧还是不安："可是，该怎样才能变得强大？"

流滢抬手揉了揉他鸦羽般的发，微微笑道："这些，我都会慢慢教你的。"

在来之前，洛千尘想了很多，甚至已经做好了最坏的打算，比方说，他的到来惹怒了对方，兴许还未来得及说上话，便被对方吃掉之类的……可他想了那样多，却唯独没有想到，流滢不仅没有伤他分毫，甚至只要了那么一个不算代价的代价，便应下了他的要求。

一直忐忑不安的心，在这一刻终得放下。从今往后，再也不用害怕会悄无声息地死去，再也不会是一个人孤军奋战了。

第四章
野心

流滢素来极少与他人有过承诺，可一旦她应下的事情，便绝对会说到做到。

考虑到洛千尘目前的危险情况，流滢当晚便给自己捏造了一个贴身宫女的身份方便在宫廷行走。

白日里她会照看洛千尘的衣食起居，夜里就隔开一片结界教他识字念书，教他帝王权术和凡尘的一些武功。

在此之前流滢并没有和凡人有过太多的接触，她对于他们的了解都来自坊间的戏文。可好在洛千尘是天生的奇才，不管流滢的东西有多离谱，他都能硬生生地将其融会贯通，让流滢惊叹不已。

在她眼里，他还是个孩子，所以她从未对他有太多的要求，可洛千尘自己却每日都会练到精疲力竭才肯停下来稍作歇息。

有时候他也会好奇地问她："为什么你是妖，却对人间的功夫这样了解？"

起初流滢总是会顾左右而言他，直到后来两人相处时间越长，越发熟稔了之后，她才一边抬手替他擦拭额角的汗迹，一边慢慢对他道出了原委。

她说，她最早初入人世的时候，族中的长老对他说，想要熟悉凡尘最快的方法便是先去茶楼待上几月。那会儿她混迹茶楼听那些来自五湖四海的人说些世间之事。比之人心复杂的京都朝堂，她更向往鲜衣怒马的江湖。

她利用妖术遮掩身形，几乎在所有赫赫有名的门派都潜伏了一遍。在当时的她看来，她了解所有的功夫，知晓所有的门派秘辛，她还能帮那些门派完善他们的武功，到时候她一定能更好地融入她喜欢的尘世和江湖。

可让她没想到的是，她毫无保留地待人，她将她辛苦总结出来的功夫弊端都告诉了那些门派的当权者，可最后得到的并不是他人同样的真诚接纳，而是不遗余力地追杀。

她是妖，她跟他们没有任何的利益冲突，可所有人都担心自己门派的秘密会一不小心外泄，比起感谢她，整个江湖的名门正派更想对她杀之而后快。

那会儿妖界的大门已经被妖界之主裴墨强行关闭了，她回不去妖界，对人间也失去了信心，便想提早去试试看能不能跃过龙门飞升天界。

只是她还是低估了人心的险恶程度，就算被如此残忍相待，她也从来没有伤害过他们，可那些人却还是心心念念想要她的命。他们一路小心跟随着她，然后趁她全力跃龙门最无防备之际，对她发动了攻击。若非她的好姐妹素卿当时恰好途经此地，她如今坟头上的草，恐怕也已经有两米高了。

夜风徐徐，冷宫之中仅有几盏忽明忽灭地晃荡，流滢用无喜无悲的语调总结："从那时起，我就知道，对于很多人而言，妖就是妖，不管妖有没有害人，非同一族类终究难以和平共处。"

"怎么会呢？"听出了流滢话里的悲凉，洛千尘也忽然觉得胸口闷得厉害，他踮起脚努力看向她的眼睛，用从未有过的郑重姿态一字一句道，"师父，就算你是妖，那又如何？在我眼里，你比全天下的人加起来都还要重要。"

他说得认真，可因为彼时他年纪太过稚嫩，流滢并没有将他的话放在心上，只是含笑纠正："你现在是皇子，以后若被封为藩王便会有自己的属地和子民，为王者最应该记住的便是爱民如子。"

若是以往，但凡流滢说的，洛千尘都会毫不犹豫地答应，只是这一次直到所有课程教习结束，他都始终未曾回答她的话。

在没有遇到她之前，他最大的愿望只是想要活着，可自从她答应照看他的安危，教给他的东西越来越多，在逐渐强大的同时也膨胀了他的野心。

也正是因为如此，他才会在功夫略有小成的那天，便揍哭了好几个颇受宠爱的皇子，借故见到了他父皇。

他知道自己如今实力弱小，手里又没有切实的证据。在见到君王之后，他并没有哭诉自己的不幸，而是问他是否还记得自己的母亲，说自己的母妃到死都还惦记着他。借着君王的内疚和追忆，他不仅一举成功搬离了那破旧偏远的宫殿，还顺利进入了国子监拜了一方大儒为师。

母妃的亡故，他随后的差点死去，这一笔笔一桩桩，他都早已决定要用他皇兄们的鲜血来祭奠。要么不争，要争就一定要那至尊之位，引起君王的注意，只是他迈出野心的第一步罢了。

　　只是他知晓流滢的善良，所以那样的事，他从来都没有想过要对她说。

第五章
心机

　　时间一晃便是七年。

　　这七年间两人朝夕相处，流滢对洛千尘越好，洛千尘就将她看得越重。

　　在这个世上他看似已经拥有了很多东西，但实际上却依旧不敢信任身边的任何一个人。世间尽是黑暗混浊，只有在流滢身边他才能得片刻喘息，她就是他的光、他的信仰，凌驾于所有人所有事之上……但同样的，他也更加害怕自己暴戾贪婪的一面被她所不喜。

　　他的所有纯良无害都只是对着流滢一人，而对于其他人，他却从来都是极尽残忍。那些参与过谋害他母妃的皇子皇妃，皆因他的一手谋划，要么惨死，要么疯癫痴傻；而对于没伤害过他但却对他有威胁的皇子们也被他安排人手让其身体落下了伤残，永远远离了帝位。

　　他手段隐秘，起初就算君王有所怀疑，也因为缺少实质性的证据而无法断定，到后来所有有希望问鼎帝位的皇子都竞相折损，就算有证据也无法奈何洛千尘半分，一是因为他在朝中羽翼已丰，二是除了他以外，再寻不到一个适合的皇位继承人。

被册封为太子的那天，君王下令储君已定，普天同庆，一向滴酒不沾的流潆也难得与他举杯共饮。

她眉眼弯弯地看着他，眼中一种看着自家孩子初长成的骄傲，也有发自内心的喜悦，她说："你如今的功夫，放眼整个天下也几乎没有任何凡人是你的对手，如今你在朝中也有了自己的势力，还被册封为了太子，从今往后，就再也不需要我的保护了。"

当初那个会捧着珍宝来恳求她庇佑的孩子，如今早已长成了面如冠玉的翩翩少年，再不需要她的保护和教导，她想，如今她也是到了该功成身退的时候了。

洛千尘一怔，手中的酒杯顿时倾泻了一桌，什么君子修养什么君王气度在这一刻统统被他抛到了九霄云外，他疾步走到她身边，语气尤带惊惶："师父，我还有很多东西没有学会，你不在的话我恐怕不能成为一个好的帝王，你不要走好不好？"

少年的眼底是一览无余的哀求，流潆心一软，终究还是答应了他的请求。

"那好吧，等你能彻底独掌天下的那日，我再离开好了。"

天下无不散的宴席，这个道理洛千尘很小的时候便懂，可只要一想到流潆要离开，他胸口就撕心裂肺般难受。

宴会散去之后，他将手下所有的谋士都召集在一起，急切而茫然地问道："如果我很喜欢一个姑娘，可那姑娘却执意要离开，世间的权势力量都奈何不了她，这该如何是好？"

谋士答：“如果太子殿下想让那个姑娘心甘情愿地留下，最好的办法便是让她爱上殿下。”

想到流滢不谙世事的性子，洛千尘踌躇道：“可如若那个姑娘对世间的感情几乎一无所知呢？”

谋士反问：“那敢问太子殿下之前是如何留下那姑娘的，那姑娘是否有其他的弱点？”

洛千尘微微叹气：“她唯一的弱点便是心软吧。”

谋士答：“既然那姑娘本身十分强大，而殿下又十分想要留下她，那眼下唯一的办法便是利用那姑娘心软的特点，设下苦肉计，让她觉得对您有所亏欠，这样以她的性子，就再不会随便离开了。”

他是那样想要将她留在身边，所以谋士提出这个可行计划之后，洛千尘便一边让人以赈灾之故安排他和流滢一起出行，一边让手下携带重宝去贿赂一些道心不坚的蜀山道士，让其对他们一路追杀。

有钱能使鬼推磨，更何况是还没有修成正果的人。

那些贪慕虚荣的道士在收下重宝之后，很快便对他们展开了追杀。

流滢不善斗法，为避免连累洛千尘，在发现那些杀气腾腾的道士后，她第一反应便是要自行引开那些道士。

然而正当她准备抽身离去的时候，身着明黄太子冠服的少年却牢牢握住了她的手腕：“师父，你若一个人离开的话，这些臭道士只会肆无忌惮地对你动手。可我不同，我是大曜国未来的储君，有我跟你一起，他们多多少少都会有些顾忌。"

洛千尘语罢，便翻身骑在了一匹白马之上，对她伸出了手。

也直到那时流潆才发现，她一直当孩子看待的少年早已长大，过往她需要低头才能看见他的眼睛，如今却要抬首才能看清他的模样。

以往在被追杀的那些年月，她也曾无数次地希望过会有那么一个人会对自己伸出援手，可她逃了那么多年，躲了那么多年，直到被打回原形，都一直没有等到那样一个人，她以为那种生死相依的感情永远只存在戏本传说之中。

可眼下，她陪伴长大的孩子却在这危急关头，依旧对她不离不弃。

她被道士们的术法弄伤了腿没办法逃跑，他就背着她往深山老林中藏；深山缺衣少食，她元气大伤又没办法行动，天冷时洛千尘便将自己的衣衫尽数披在她身上。她是青鲤不食荤腥，那会儿已是深冬时节，就算是山林中也甚少有野果的存在，洛千尘舍不得她挨饿，一旦确定暂且安全他便去那些被大雪覆盖的林中，从彻骨的严寒之下替她寻回可以果腹的果子。

后来为了彻底躲开那些道士的追踪重回京都，为了不让她身上的妖气外泄，他便将自己的手掌划破，每日用自身鲜血浸湿她的外袍遮掩她的妖气。

那一逃便是整整一月时光，待到两人再度重回京都之时，流

139

滢身上的腿伤差不多已经快要痊愈了，可是洛千尘原本修长如玉的双手却因为整日刨雪寻果，险些被生生冻废，整个人也因为失血过多和心力交瘁大病了一场。就算流滢在身体恢复之后，用尽各种术法，也终究还是没能让洛千尘痊愈，直到来年桃花盛开之际他才堪堪能下床。

看着曾经健康英挺的少年，就算在暖春时节也要捧着银炭手炉才能保持一定的温度，流滢胸口翻江倒海一般难受，可洛千尘却只是轻靠在她的肩头，用格外轻松愉快的语调说："师父，对我来说，再没有什么比你的安危更重要了。而且说真的，我其实挺庆幸这次的伤会伴随我一生，因为只有如此，你才不会想着离开了。"

虽然明知凡尘之中男女有别，洛千尘已经长大，他们再不能像小时候那样亲密，可覆于袖中的手松了又紧，流滢却到底还是没有将他推开。

在历经这一场同生共死之后，他们之间有些东西终究开始变得不一样了。

第六章
双面

洛千尘从小是流滢看着长大的，在这个世上若说洛千尘是她第二信任之人，那绝对没有谁有资格论第一。

在她眼里，洛千尘身份高贵，稳重睿智，就连心性也是难得的纯白善良，然而殊不知，她所接触到的少年，仅仅是洛千尘想让她看到的那一部分罢了。

她不了解洛千尘，可相反洛千尘却对她的一切了如指掌，他利用她的愧疚让她留下，随后开始将他们之间的称呼由师父变为滢儿，他为她拒绝所有的名媛淑女，不惜得罪京都所有权贵，他知道她喜好鲜果，便命人用千里马从各地运来各个时节最新鲜的瓜果。

没有一个女人，能够拒绝一个男人那样多的好，就算是修炼数百年的妖，亦同样不能。

当隆冬第一场大雪纷纷扬扬落下的时候，流滢在接过洛千尘替她剥好的柑橘之后，顺带也牢牢握住了他微凉的手。

她咬着唇角，耳根发红，好半晌才颤声开口道："你……当真不介意我是妖吗？"

他摊开手，慢慢将两人的手交叠在一起，直到十指相扣，方才抬眸看她，狭长秀美的凤眸满是暖若骄阳的笑意："那你介意我不会术法，只是个会老会死的凡人吗？"

她先是一愣，随后立马斩钉截铁地摇头，她想了很多解释，可还未来得及说，他的唇便覆上了她的。

唇齿相依，道不尽的暧昧旖旎。

他说："我不怕世人的舆论，也不怕千万人的阻挠，却只怕我最心爱的姑娘会随时离我而去。"

他说："别害怕，一切有我，最快年底，最迟来年初春，我一定许你凤冠霞帔，光明正大地娶你为妻。"

他说他会劝服那些朝臣，和平解决好一切，让她不要担心。

只要他说的，流滢都毫不怀疑地相信，所以她根本就没想过，在她看不到的地方，洛千尘究竟是用怎样残忍的手段在扫平那些拦在他们身前的障碍。

如今君王年事已高，朝堂之上几乎都成了洛千尘的一言堂，如若有食古不化的大臣激烈反对，他若心情好时，就仅是斩下那人头颅，若心情不好时，就会网罗一大堆莫须有的罪名将其全族株连。

如此血腥残酷的杀戮之下，京中朝臣闻洛千尘之名皆面无人色，但凡洛千尘的提议，更无人胆敢置喙半句，如此他才终究放心开始着手准备与流滢的婚礼。

他以为事到如今早已万无一失，却唯独忘记了，这世间之事根本就没有绝对一说，更忘记了，这世间有很多人把家国大义，把家人亲情看得比自身性命要重要很多很多。

三月三，女儿节，也是他正式迎娶流滢为妻的日子。

也就在他刚刚与流滢牵着红绸走进正殿的时候，有身着宫女服饰的姑娘不顾一切地向他刺来。

他的功夫很早之前便已经凌驾于世人之上，那姑娘的刀剑还未近他的身，便被他轻而易举地折断了手腕。

可让他没想到的是，就算明知已经失败，如此剧痛之下，那姑娘依旧厉声唾骂："洛千尘，今日你为了迎娶这个妖女，几乎屠尽了文武百官，他日你也定会因为这个妖女，自食其果，遭受千般折磨万种报复！"

因为想要更好地保护洛千尘，流滢以前特地去了解过京中的朝臣，她不想相信那姑娘的话，可是当她掀开盖头之后却心惊地发现，满殿官员竟大多都是陌生的面孔。

　　洛千尘说，那扰乱婚礼的姑娘是一个世家嫡女，因从小恋慕他而不得，才会患了失心疯胡言乱语，而很多她所熟悉的官员都被他调教成了心腹，被他派遣到了各地去助他治理国家。

　　见流滢不答，洛千尘索性上前握住了她的手，浅浅笑道："滢儿不要担心，那姑娘既然是因我之故才会发疯，我自然会让人好好照料她，一定尽最大努力让她恢复正常。"

　　一个是自己朝夕相处了十多年的良人，一个是素昧平生的姑娘，若是以往流滢肯定毫不犹豫地选择相信前者。

　　大概是因为此时洛千尘握着她的手在不由自主地颤抖，又或许是因为那姑娘眼神中的仇恨太过炽烈，翌日当洛千尘离殿之后，她便寻着那姑娘弥留的气息找到了她的所在。

　　可她想了那样多，却唯独没有想到，会看到那样锥心的场景。

　　前一晚还言笑晏晏保证会好好照顾那姑娘的洛千尘，此时正一脸漠然地坐在王座上优雅饮酒，而那姑娘则被吊在半空中，纤细的身体已经被好几根铁链贯穿，手筋脚筋也俱被挑断，奄奄一息浑身是血。

　　也直到那时，流滢才知晓，那姑娘的真实身份实际是一个吏官的小女儿，因她父亲谏言不可违背祖制娶来历不明的女子为妃，遂被洛千尘当朝诛杀，她潜伏进宫就是为了替父亲讨回一个公道，就算不能杀了洛千尘，也一定要让世人知晓他的残暴。

也直到那时，她才明白，她和洛千尘的婚礼，原来竟是用无数人的尸骨所铺就。

第七章
强留

几乎在看见流滢的瞬间，洛千尘便知道，很多事情当真已经瞒不住了。

在鲜血和死亡面前，所有的道歉和解释都是那样苍白无力。

一步错，步步错。

他此刻唯一能想到的就是，哪怕不惜一切代价，也要留下她。

她是他的光，他的信仰，他毕生的所爱，他不能让她离开。

是以当流滢还没来得及反应之际，他便命人直接对她动手。

流滢不敢相信自己的耳朵，更不敢相信自己的眼睛："居然……是你们？"

藏青色的道袍、熟悉的面孔和术法，竟是当初苦苦追杀他们的道士。

其实早在决定用计将流滢留下来之后，洛千尘就一直很不安，他做事素来讲究以防万一，所以便继续用重金珍宝留那些道士在身边。为的就是有朝一日，若当真纸包不住火，他就只能强行将她留在身边。

面对众人的围攻，本就不善斗法的流滢很快就重伤倒地。

鲜血染红了她的裙裾，可此时此刻她就好似彻底对伤痛麻木了一般，浑然不顾那些道士布下的强大结界，执意一步一步向那个她陪伴长大的少年走近。

"你不相信我。"

不是疑问而是肯定。

正因为多年来她一直陪伴他长大，所以她比任何人都明白，他的算计，他的欺骗，都来自于他对她的不信任。

她甚至都已经想好，就算那个姑娘说的都是事实，她便打算用余生和他一起赎罪，替他背负罪孽受尽世人谴责天道惩罚，她甚至还想过，以后想办法强行约束他的残忍弑杀。

哪怕知道他十恶不赦，她还是舍不得伤害他半分。

她是他的妻。

所谓夫妻，乐则同乐，忧则同忧；生同衾，死同穴，无论痛苦还是艰难，都理应与对方一起。

她恼怒他的欺骗，痛心他的残忍，但更失望的还是他们相伴多年，他居然从头至尾都没有信任过她。

哪怕曾经敌国有千军万马立于身前，洛千尘都没有皱过半点眉头，可如今他却一点不敢看流滢的眼睛。

他曾谈笑间舌战群儒而面不改色，但眼下他找不到任何一句可以用来回答的话。

他张了张嘴，好半晌，才颓然道了一句："并非不信任，只是太害怕你会离开。"

　　此时她力量已经快要彻底耗尽，可是却依然没有办法穿过道士们布下的结界，她努力抬头想要看清他此时的表情，但隔着那重重人影，她最终却只能看到他明黄龙袍的一角。

　　"其实我早该明白的。"她扬唇笑了笑，带血的唇角艳丽而凄然，"人们喜欢雀鸟的艳丽，所以便折断了它的翅膀不让它飞翔；人们喜欢高岭上怒放的雪绒花，便连根带骨一并挖出带走。如今你不想我离开，所以哪怕我再如何跟你保证，你也不会相信，你还是会选择让这些道士将我伤到再无力行走或者离开的地步，你才会安心对吗？"

　　他下意识地想要反驳，却发现，自己根本就没有任何的资格辩解。他想要尝试去相信，可到底还是败给了心中的恐惧。

　　那天的最后，洛千尘终究还是让那些道士废去了流滢的道行。

　　手指粗的困妖锁从她的琵琶骨穿插而过，然后她便如被关在笼子里的金丝雀，再也没办法离开。

　　从头至尾，流滢都神色漠然再没有开口再说过一句话，只唯独当洛千尘小心翼翼走近她，用最虔诚的姿态想要拥她入怀的时候，她才用极轻声音道了一句：

　　"以爱为借口，用生存做遮羞布，只要这样，不论做了什么事情都变得可以被原谅了，这样真好啊……"

　　明明不大的音量，却让他心如刀割。

　　至此，她再不能离开他。

他终于彻底拥有了她。

她从此就在他触手可及的地方，可是却再没有看过他一眼，也再不曾对他笑过。

他们之间，却再也回不到当初了。

第八章
疯魔

然而尽管流滢再无法离开，洛千尘却依旧觉得惶惶不安。

他好似彻底拥有了她，又好似永远失去了他。

每晚午夜梦回醒来，他做的第一件事就是看看身旁的流滢还在不在。

他知晓流滢独自熬过几百年的孤单寂寞才有现在的道行极是不易，也明白对流滢最好的方式就是放手，可人终归还是贪得无厌的，他已经站到了世间最高的位置，大好河山都在他脚下，他需要有人跟他共赏。

而流滢，便是他唯一认可的那个人。

他知道目前京都之中不知道有多少人在日夜诅咒他下地狱，可是只要有她在，只要他们在一起，就算是地狱又有何妨？

也正是因为在她面前，他已经暴露了所有的阴暗面，到后来便索性越发肆无忌惮。

在他看来，流滢就是独属于他一个人的，除了他之外，她不可以有任何在意的东西，更不可以将视线在他人身上停留，否则她在意的，他便会毁掉，她温柔以待的人，则会以最快的速度在皇宫消失。

第一次当着她的面被杀掉的人，是一个年纪十分稚嫩的太监，仅因为窗外有幼小的雀鸟偶然坠落，她被链子拴着没办法出去，便拜托那孩子将那小鸟送回树梢的鸟巢中去。

她跟他总共不过说了两三句话，结果当晚洛千尘便命人将那个孩子吊死在了那棵树上。

"洛千尘，你这个疯子！"她拼了命地挣扎着想要扑过去救那孩子，可不管她如何努力都无法挣脱那牢牢困住她的锁妖链。

他将她拥入怀中，任凭她将他的肩膀咬得鲜血淋漓也不肯松开半分："不过一个阉人，哪配近身与你说话。"

他就是嫉妒那个孩子。

凭什么他将世间所有珍宝捧到她面前，她都始终不肯搭理他半点，凭什么一个卑贱的奴隶却能让她和颜悦色地与之说话？

洛千尘一直都很清楚，太过偏激的爱，迟早会将自己和他人一起毁灭，可是他没想到，那一天会来得那样快。

最初被杀掉的小太监有一个姐姐也在宫中，她亲眼目睹了弟弟的惨死，对洛千尘和流潋都恨之入骨。

趁着洛千尘外出接见邻国使臣之际，不过十一二岁的小姑娘拿着尖刀走向了宫殿。

其实仅凭当时洛千尘留在宫中的侍卫，那小姑娘绝无可能会得逞，但在听见外面的异响得知小姑娘的来意之后，流滢只说了几句话，便让侍卫们放了小姑娘进殿。

"我虽不杀伯仁，但伯仁却因我而死，杀人者，自当以命偿之。我若继续活着，你们所有人都会惶恐不安，不知道什么时候便会因为我的缘故莫名死去。而我若死了……他也不会独活，你们才会有活下去的机会。"

自从知晓洛千尘为她犯下了无数杀孽之后，她便一直在等一个机会，可以赎罪死去的机会。可这些日子洛千尘几乎对她寸步不离，好不容易等到今日邻国使者朝贡他不得不去接见，而前来取她性命之人就是最适合的人选。

洛千尘了解她的善良，就如她了解他的疯狂。

若这世间当真已没有人可以阻止他的疯狂，那便由她亲自将他带向地狱。

她会在地狱的尽头，等他。

尾声

那天的最后，洛千尘轻抚着流滢的面庞，长长叹息道："她爱我，所以她有很多机会置我于死地，可是她却心软下不了手。但同时她又深爱着这个世间，她不想看到有更多人会死于我的偏激疯狂，所以她抓住了我离开的机会，结束了自己的性命，因为她知道，她死了，我也活不下去的……"

语到后面，他的声音越来越轻，当我察觉不对的时候，他已经用流滢胸口的尖刀，同样贯穿了自己的胸口。

他们十指相扣，发丝纠缠，他的鲜血浸透了她的裙裾，好似如此便可生生世世永不分离。

生同衾，死同穴。

说过这句话的人很多很多，可最终做到的却不过寥寥数几。

"他或许不是一个合格的帝王，但于爱情这方面，他却委实做到了视之如命的极致。"看着洛千尘至死也未曾松开流滢的手，月坠不胜感慨，"可是这样的爱，太偏激太疯狂了，若活着只能互相折磨，死亡对于他们来说反而会是更好的解脱。"

好友的去世让我很是难过，虽然明知道这世间根本就没有如果，可我还是忍不住会去想，如果我早一点赶到大曜国，如果流滢能够决绝地离开，如果洛千尘能够少一些偏激，是不是结局就会彻底不一样了？

然而，还未等我从那悲伤的情绪中缓过神来，却突然有数道极为凌厉的剑气从我身后袭来。

"妖孽，你妄害那么多人性命，今日便是你的死期！"

我猛地回头，竟瞧见数个身着蜀山道袍的道士气势汹汹而来……

第七卷 《寒鸦》

人生在世，难免会做很多选择，难免会行错误之事，最幸运之事莫过于适时醒悟，而最不幸之事，莫过于悔之晚矣。很多年后，当九渊终于明白这个道理，却发现，他最应该珍惜的宝贝，从一开始就被他彻底摧毁了。

楔子

圆月高悬，正值佳节喜庆之夜，民间百姓四处载歌载舞，可明曦国的皇室却灯火暗淡陷入了死一般的沉寂。

"凌让师祖，我感觉今夜的皇宫好似很不对劲。"

这段时间世间妖物横生，蜀山正道怀疑这一切都跟那个叫素卿的神秘妖怪有关，是以近些日子除了斩妖除魔，蜀山道士们最重要的事便是寻觅素卿的踪迹，而此时皇宫之中竟赫然妖气冲天，而那妖气还让他分外熟悉。

凌让微微蹙眉："先进去看看再说。"

皇宫对于普通百姓而言是最神圣不可侵犯之地，可在修道之人眼中却不过是一些繁华宽敞的居所罢了。

可包括凌在内的所有人都没有想到，当他们用穿墙术进来之后，看见的会是宛如地狱一般的情景。

残肢断骸，枯骨遍地，大片的鲜血洒满华丽的宫殿，偌大的皇宫竟无一活人活物。

有初次下山的小道士，当场就面无人色地呕吐了起来，而就算是凌让这些历经了无数生死恶战的人，此时也忍不住神色俱变。

皇帝、后妃、身份贵重的朝臣……

越是往里走，所有人的心情便越发沉重，这么多对明曦国举足轻重的人都一夜暴毙，一旦消息传出，明曦国必将大乱。

差不多将整个皇宫都巡视了一遍之后，小道士们皆双拳紧握，愤怒道："这里的妖气跟那个叫素卿的妖怪一模一样，凌让师祖，这事肯定跟她脱不了关系！"

整个蜀山凌让是最早跟素卿有过交集的，这些年来素卿虽然在凡尘四处寻找妖怪同伴，却从来没做过半点不义之事，更未曾伤害过任何一个凡人……思及至此，凌让眸色渐沉："首席弟子和执法堂长老暂且留在这里与明曦国剩余勋贵接触，全力配合他们重新挑选君王稳定明曦国局势，其余人等随我一起前往大曜国，刚收到那边千里传音，大曜国皇宫亦出现了同样的妖气。不过在事情没有彻底弄清楚之前，大家切莫随意动手。"

第一章
惊变

尽管凌让有过吩咐，但却仍有嫉恶如仇的长老在见到我的瞬间便直接刀剑相向。

眼看大战一触即发，凌让却用最快的速度出现在我身前，替我挡下了他那些无比凶险的攻击。

在我略微诧异间，那些不分青红皂白动手的老道立马怒喝道："少掌门这是何意？上古大妖离开人世之后，现如今在人间发现的唯一银色妖气便只有素卿这一个妖怪，证据确凿之下还不与她动

153

手，难不成还要再眼睁睁地看着她作恶不成？"

面对所有人的质疑，少年慢慢挺直了脊背，目光清朗，口吻坚定："其实之前的海妖事件后，我就一直在想，既然妖怪和凡人一样都有智慧能言会道，凡人尚且在给他人定罪之前还会给对方解释说明的机会。那么对于妖怪，在一切事情都尚未清楚之前，我们是不是也应该给她一个解释说明的机会？为政者，应持公正公平之心，如今仅凭银色的妖气便断定是素卿所为，我觉得有失偏颇。"

蜀山的道士成千上万，但凡人多之处，就必定会存在钩心斗角之事，有凌让这般但求问心无愧之人，自然也会有许多嫉贤妒能之人。于是凌让话音一落，便有人冷笑道："从很早之前少掌门便对这妖怪格外关注，想来已经被这妖怪的美貌蒙蔽了双眼，人与妖从来便势不两立，他们就算能言会道也不过是妖言惑众罢了，岂能当真？再说了，如今凡尘发现的大妖就她一个，银色妖气是上古大妖的象征，不是她又还能是谁？"

蜀山从开山立派之初，便一直以除妖卫道为己任，千百年来从未出现过有道士愿为妖怪说话的情况，且凌让还是蜀山所有长老师尊一并认可的下一任掌门。

因此那人话音一落，其余原本已经顾忌凌让而把剑放下的长老纷纷又重新握紧了，算是默认了对方的说法。

可尽管如此，凌让也依旧不肯避让半分："若这般不分青红皂白地便伤他人性命，恶人与恶妖又有何区别？"

语罢，见在场所有的蜀山门人还是没有放下手中之剑，凌让便索性传音与我和月坠道："道妖不两立的情况从上古时期便一直延绵至今，一时半会儿恐怕没有人会听从我的劝解。不过，我相信一个肯豁出性命去保护百姓的姑娘，她绝不会做出血洗皇宫这种令人发指之事。如今之计，你且先和月坠离开这里，去明曦国皇宫查探一下事实的真相。"

自从妖界来到凡尘，我便一直小心隐藏着自己的身份，因为一旦被人发现妖的身份，普通人便是极端恐惧，而诸如道士这类身份的人便是永无休止的追杀。

这么多年，第一次有人对我说，他相信我。

如果说之前凌让在我心中的印象就只是一个道行高深但却冥顽不灵的臭道士，那这一刻，当他面对蜀山众人的质疑，依旧选择挺身而出为我抵挡那些蜀山道士的攻击，替我争取离开的机会时，他于我而言，便俨然上升到了至交知己的位置。

为了不辜负他的努力，同时也为了能尽早洗清自己身上的嫌疑，还我和他一个共同的清白，当下一看准时机，我便直接用了千里疾行之术带月坠赶到了明曦国的皇宫。

大约两炷香的工夫，便抵达了明曦国皇宫外围。

如此大范围的消耗法力，就算是我也颇有些疲惫眩晕之感。

但让我感觉到奇怪的是，身为凡人的月坠不仅没有半点不适，反而姿态十分漫不经心，一进宫门便一脸嫌弃地用手掩住了口鼻："看来那些臭道士的消息还当真不假，这才刚到宫门附近，便有这般浓郁的血腥味扑面而来。"

"如果我没记错的话，先前那些道士说几乎所有明曦国京都的顶级勋贵都聚集在了皇宫，并无一个活口，这就代表了你的父亲安亲王肯定也在这遇难者之中……"

相对于我一脸迟疑地提及，月坠依旧面不改色地接话："应该是的，毕竟宫廷盛宴，亲王之类的品级按理说是必须要参加的。"

凡人皆讲究血缘至亲，可他这般云淡风轻不见半点悲伤的态度，委实让我觉得有些不妥，又有一种十分焦灼的不安感。

正当我准备继续开口问话之时，忽然察觉到一股徘徊在皇宫的银色妖气之外的纯黑色妖气。

"跟我来。"

眼见那妖气就快要转瞬即逝，我来不及解释，急忙一把拉过月坠的胳膊，便加速往那妖气的方向追踪而去。

此时明曦国的帝都之上皆被厚重的阴霾所笼罩，皇宫之中虽然有一些蜀山弟子在努力净化超度亡灵维持皇宫的一线生机，但偌大的皇宫依旧有大片的宫殿皆被阴森幽冷的妖气所笼罩。

越是接近那黑色妖气，那股让人窒息的肃杀之意便越强，而这一切给我的感觉也越来越熟悉。

眼看前方的宫殿黑灯瞎火尽是一片黑暗，表面看上去与任何一个冷宫并无任何不同，但其中暗藏的杀机却不知几何。

在示意月坠与我一并停下之后，我看向黑暗的尽头，轻声开口道："九渊，是你吗？"

寒鸦少主九渊，从上古时期便于人世失踪，亦是我曾经在妖界最好的朋友之一。

　　就算时隔这么多年未见，妖界很多人都说他兴许早就死在了那场席卷三界的人神妖混战之中，但我依旧坚定地相信，他一定还在人世的某个地方安好无忧地活着，因为某些十分重要的人或者事，才刻意断绝了与妖族的一切联系。

　　然而事实也并不出我所料，就在我话音一落的瞬间，面前看似平静的宫殿竟开始产生了剧烈的波动，从花草到宫殿一片一片开始碎裂，须臾片刻之后，方才露出了这里本来应该有的面目。

　　那是一幢极为奢华精致却又让人遍体生寒的宫殿，以琉璃为瓦，玉石铺路，用明珠为灯，黄金为柱，说不清的靡靡，道不尽的泼天富贵。可也就在这几乎穷尽天下珍宝修筑的宫殿之内，却又到处都是支离破碎的宫人尸体，鲜血斑驳，尸骨如山。

　　宫殿内遍布图纹阵法，而阵眼的最中心便在大殿中央，此时面容憔悴不堪的黑衣少年正抱着一个身着鹅黄衣裙的姑娘端坐其中。

　　见我走来，少年缓缓抬头，露出了一如记忆中那般眉目如画的脸："阿卿，多年未见了。"

　　他虽然在笑，可整个人连带他的笑容都好似已经燃烧到最后的蜡烛，随时都有可能熄灭。

　　也正是因为走近他身旁，我这才发现，他怀中的姑娘虽眉眼与我记忆中的故人神似，可却是实实在在的肉身凡胎，而九渊正在用他一颗纯黑色的珠子努力压制她身上剧烈膨胀，眼看就快要失控的银色妖气。

要知道妖怪的妖丹犹如凡人的心脏那般重要，一旦离体取出，轻则丧失修为退回原形，重则神魂俱灭尸骨无存。所以在反复确认了那颗纯黑色的珠子确实是他的本命妖丹后，我不由得倒吸了一口冷气："这是怎么回事？颜夕呢？这个姑娘为什么会跟颜夕长得一模一样？但她明明是凡人，你为何要将我留给你救命之用的妖血灌入她体内？你为何多年都不回妖界？"

一连串的问题问出，九渊沉默了许久才再度苦笑着开口："这么多的问题，你让我先回答哪一个呢？罢了，既然是你，就没有隐瞒的必要了。"

九渊说，这一切说来话长，最早还是要从妖界说起。

第二章
向往

上古年间，妖界并没有单独形成一个世界，它虽离天界颇有些距离，可距离凡尘却十分接近，也正是因为如此，总是有许多的妖怪会违背族中大妖的训导，悄悄溜去凡间。

那会儿大多数妖怪都一心渴望着修成正果，衣食住行之类的东西几乎是能精简便精简，就算身份尊贵如九渊这种寒鸦族少主，也只是出门的时候那一声尊称好听，住的山洞地理位置比普通族人略高一些，吃的果子比其他人的略红一些，除此之外，便再没有任何特殊待遇。

他天分高悟性好，从小便被族人视为骄傲，可比起日复一日的枯燥修炼，他却更喜欢听那些去过凡间的妖怪说及红尘之事，而他最喜欢的宝贝便是那些妖怪随手赠与他的泥娃娃、拨浪鼓这些妖界并不存在的东西。

可每当他一边津津有味地听故事，一边小心翼翼地摩挲那些对他来说无比珍贵的小玩意儿时，早已去过凡间多次的妖怪便会只是轻描淡写地说道："不过是些不值钱的东西，若九渊少主喜欢，改日我们再给少主弄些回来便是。"

一开始他的关注点都只是在他们会给他带多少他没见过的东西回来，可后来当那些人提及钱的次数多了，他亦开始有了好奇："什么是钱？"

被问到的妖怪意味深长地对他笑了笑："钱是凡人捣鼓出来的东西，而这在一片荒芜又崇尚绝对实力的妖界来说一点用处也没有，可是在凡间却能买到很多很多的好东西。"

"好东西？"年纪本来就稚嫩的九渊越发好奇，他举了举手里用彩色颜料描绘出的拨浪鼓，一脸求知，"比你送给我的拨浪鼓还要好吗？"

那些妖怪笑容越发粲然："拨浪鼓不过是随处可见的小玩意儿罢了，几个零碎铜钱就能买到，而真正的好东西是需要银子，甚至无数的金子来换的。"

"比如呢？比如呢？"

"比如，身形婀娜能歌善舞的美人，有价无市的美酒，吃伤一口会觉得满满都是幸福的珍馐美味……"

　　不管是人是妖，大抵都会如此，起初对一些人一些事只是好奇，听得多了便心生向往，而向往的时间一长，便会形成执念。

　　九渊不知道其他的妖怪都有什么样的远大理想，总之他从幼年初次听闻凡尘开始，心中最渴望去的地方便是凡尘。

　　可寒鸦一族因为早年有族人去凡间不知何事意外死去后，他身为族长的爹便对族人的看管更加严厉，以至于九渊都长到了成年，才趁着他爹去朝贺妖王裴墨九千岁寿辰的工夫，找到机会悄悄地溜出了族地。

　　他自以为神不知鬼不觉，可是他才刚踏出族地还未来得及高兴，便被自家的贴身侍女颜夕给持剑拦了下来。

　　"少主，前方便是去往凡间的通道，但是族长吩咐过，凡我寒鸦一族自出生到亡故皆不可踏入凡尘。"

　　起初被拦住的九渊十分郁闷，毕竟仔细想来，他从小到大虽然修为增长时常被称赞为天才，可是却从来未曾赢过颜夕半招，否则他爹也不会仅让颜夕一个人照看他的日常一切。

　　可后来他想，不管颜夕再厉害，从小到大都对他千依百顺，他让她往东，她便不会往西，且他不叫一声停，那个傻姑娘便会一直走下去时，又瞬间释然。

　　熟稔地扬起一抹微笑，九渊不仅没有避开颜夕，反而直接一把抓住了她握剑的手，正色道："颜夕，你知道的，本少主从小到大最渴望的事便是去人间走一朝，好不容易才寻到这个机会，要是我不能去的话，往后的日子我肯定会日夜思想辗转反侧。如果你要实在担心我的话，不如就跟我一起去好了，略微玩上一阵子，我们便回来好不好？"

其实就颜夕本身而言，对于凡尘她是十分抵触畏惧的，可奈何九渊是铁了心要去。

颜夕生得好修为高，性子又素来凉薄冷淡，于外人而言，她就是高冷的最佳形容词，可在九渊面前，她却好像永远都是那个听他话的小妹妹。

自从他将身负两种妖血到哪儿都备受排斥欺辱的她带回族中之时，他于她而言，除了是主人，还是此生最珍爱的神。

这些年只要九渊想要的想做的，她从来都不曾阻止过，甚至还会不惜一切代价替他达成所愿。

那天对峙的最后，颜夕到底还是答应了九渊一同前往人世。

只是无论是九渊还是颜夕都没想到，他们本来以为轻松惬意的一次凡间之行，最后竟会以那样惨烈的方式收场。

第三章
凡尘

初入凡尘，九渊对一切都充满了好奇，各式各样的建筑，满目琳琅的商品，不同的凡人种族还有不同的服装发饰。

彼时凡间虽看似凡人居多，实际上却早已悄然形成了人神妖共居的局面。凡人们信奉自己的神，几乎人人都有学过传承，有道行和力量傍身，这让他们一点也不畏惧妖怪，甚至有好些心怀不轨之人，专行猎妖骗妖之事。

像九渊跟颜夕这样一入城镇便四处张望不停，难掩欣喜惊叹之色，又服饰怪异容貌极为出众者，明眼人立马便能看穿他们是悄悄溜入凡间的妖。

在没有弄清楚对方实力和确切的随行人数之前，强行用力量制压对方是最愚蠢的做法。为稳妥起见，那些心怀不轨之人决定先设套诱惑两人之中明显比较好骗又能全权做主的九渊。

因九渊跟颜夕都是实战派的妖怪，善斗法和布阵，却不善变化之术。没有钱财，所以两人虽然对很多东西感兴趣，但也只能眼巴巴地瞅上一阵，便无可奈何地离开。

可就在这时，有满脸笑意的人自称本地百姓，对妖族早已心驰神往，为尽地主之谊，要带他们吃喝玩乐。囊中羞涩的九渊几乎想也未想便迫不及待地答应了。

"少主，族长说过天下没有免费的午餐，更没有从天而降的馅饼。"

颜夕从一开始便觉得心头不安，他们在凡尘并无任何根基，此番入世也是避开族中悄然而来，身上并没有任何让人觉得敬重或是其他吸引之物，更何况相邀之人还是凡人。

因为九渊对凡尘迷恋，她也时常关注凡间的一切，她记得很清楚，凡人有一句俗语叫"非我族类，其心必异"，连并非同族之人他们都会戒备，更何况她跟九渊还皆是来历不明的妖。

可已经渴望凡尘多年，又早已被这世间的浮华迷花了眼的九渊，根本就听不进去颜夕的任何劝解，见她迟疑不走，他也未有片刻停留，只是颇有些不耐烦地丢下了一句："要么便跟我来，要么就在此地不要离开，等本少主逍遥够了再来与你会合。"

兴许被偏爱的，大多都有恃无恐，过往很多年间，九渊也都头也不回地丢下过颜夕很多次，从未驻足，从未停留，因为他笃定颜夕一定都会跟着他走。

他一点也不担心颜夕会要小性子离开，毕竟他就是她的一切。

而这一次，自然也不会例外。

颜夕还是一如既往地跟在了他身后，只是心情却格外沉重。

美酒让人沉醉，美食让人痴迷，嗜赌则会让人……万劫不复。

她看着九渊抱着酒坛醉生梦死，看着他在赌场的赌债越积越多，就算明知道那些人是在刻意引诱九渊堕落，可是她却没有任何办法可以劝她的少主离开。

如此一晃便是三月，时间越长她越是不安，而最终，这样的不安，终究变成了现实。

她和九渊身无长物，可九渊却欠下了那样多的赌债，在确定了他们也并无其他后台可供撑腰之后，那些心怀不轨之徒终于露出了狰狞丑恶的嘴脸。

要么他们立马还钱，要么就挖出九渊的妖丹抵债……

四面八方皆被他们的人所包围，其中不乏有很多道行高深者，颜夕虽然在妖界算得上是斗法打架的好手，可好虎却难敌一群实力不弱的狼，更别说此时此刻她的少主根本就不愿意离开。

在九渊殷切期盼的目光中，颜夕默默放下了手中的剑，沉声问道："有没有第三种抵债的方法？"

对方看着她的脸，笑得一脸温和："姑娘自是可以去赚钱还债，可姑娘会做生意吗？知道怎样在最短的时间赚这么多的银子吗？不过如果姑娘自愿入胭脂楼，相信凭姑娘的容貌自是很快就会替你家少主还清债务。"

胭脂楼，京都繁华之地最有名的青楼，多的是挥金如土的公子哥，也多的是身不由己的苦命人。

在凡尘三月，不管是九渊还是颜夕，几乎都已经彻底了解了凡间的一切，自然明白青楼易入，可再想清白而出，十分困难。

但凡有一点其他的出路，世间的姑娘都不会委身在青楼。

她不想去那样的地方，更不想从此与他分开，她拉着他的袖口，用生平最卑微的姿态乞求："少主，我不想去胭脂楼……"

她想世间有那样多的赚钱办法，她不懂的，都可以去学，为了她的少主，她可以豁出一切时间，想尽一切办法去替他还债。

可是她想了那样多，却唯独忘记了，现在的九渊已经习惯了安于享乐，他根本不愿意去等待她许诺的未知未来，在他看来只要卖掉颜夕，就可以还债，这些人还是会继续好吃好喝地招待他，这是再简单不过的事情了。

就算明知道颜夕有自己的骄傲，就算明明看见她眼中的泪，他也只是一如往常那般抬手摸了摸她的头，温声对她说："那你希望看到我死吗？"

她拼命摇头。

在这个世间，再没有什么东西，比她的少主安危更为重要了。

九渊又道："那你希望看到我不快乐吗？要是再让我回去过以前妖界的日子，就算还清了债务，我也一定会抑郁死去。"

他说："颜夕，我已经离不开这里了，片刻也离不了那些美酒与享乐。如果你真的把我看作最重要的人，那么就请为了我，去胭脂楼吧。"

就算早就料到会是这样的结果，可这种被最在意之人轻描淡写地卖掉，依旧让她觉得胸口一阵疼过一阵。

她舍不得他死去，也不愿意看见他有半点的不开心，所以不管心中再难过，当她再度抬首时，掩去了眼角的泪意，只是极轻地应了一声："好。"

只要是她的少主能高兴，哪怕明知是万劫不复的地狱，她也会义无反顾地走下去。

第四章
贪欲

从那之后，颜夕便很少见九渊了，她在胭脂楼倚栏卖笑，他在凡尘极尽奢靡，只有当他花干净她给他的银两之后，他才会再度到胭脂楼来找她。

　　楼里的姐妹有人有妖，比她待得年数久远的大多已经看破红尘，见她这般痴心不改地对九渊，皆唏嘘万分地感叹："小夕，不过是薄情郎，负心人，他既然能狠心将你卖掉，你又何必再理会他死活？"

　　每当他人提及九渊，颜夕都会耳根泛红："你们不要这样说他，少主他其实对我真的挺好的，若没有他，我在很早之前便备受欺凌死去了。"

　　在颜夕看来，她的命都是他给的，为他倾尽一切，本就理所应当。

　　可让她没有想到的是，因为她的声名鹊起，她给他消遣花费的银两越多，九渊心中名为欲望的兽，也开始无休无止地膨胀。

　　颜夕替他还清了赌债，他有了几乎算得上挥之不尽的钱财，可是偌大京都，一块砖头下去，都能砸到一群勋贵。他一个外来的妖怪身份寻常，有很多的地方依旧不能去，有很多向往的东西依旧没有办法拥有。

　　恰逢此时胭脂楼的颜夕已经火遍了京都，但她一直坚持卖艺不卖身的原则，很多勋贵颇为遗憾，其中又以最受天子喜欢的二皇子身份最为贵重。

　　有知晓颜夕对九渊千依百顺之人，意欲为二皇子牵线搭桥，便对九渊道："若少主能劝说颜夕姑娘跟了二皇子，何愁没有荣华富贵，何愁不能在京中肆意横行？"

佛说，一旦被权欲蒙蔽了双眼，世人不择手段，皆与恶鬼无异。

而当时一心想要拼命往上爬，过更好更逍遥日子的九渊，便恰是这种状态。

在印证了这一说法属实的当晚，他便寻到了颜夕，对她说："颜夕，听闻二皇子心悦于你，你跟了他，我的地位也会在京中水涨船高。且二皇子我也见过，论才俊美男，京中他第二，无人敢称第一，他是许多姑娘的深闺梦里人。"

见到他来，颜夕本来极是高兴的，还特意为他穿上了最好看的裙裳，备上了他最喜欢的美酒吃食，她本来就有那样多的话想对他说，想问他过得好不好，想关心他是否手里又有所短缺，可所有想说的话，在他语罢的瞬间，都彻底烟消云散了。

她覆于长袖之下的手松了又紧："诚然二皇子身份高贵，容貌出色，可更众所周知的是他的暴虐无情，但凡跟了他的姑娘，没多久便会香消玉殒，死状惨不忍睹。就算明知道如此，少主也要让我去吗？"

见九渊不答，神色依旧没有半点动容，颜夕良久才咬着唇角颤声道："少主，颜夕一直都记得，我的命是你给的，只要是你的吩咐，我从来就不会拒绝。可是少主，你还记得我们说过的要一起回妖界，还记得你带我去寒鸦族地时，对我说过的话吗？"

灯火阑珊下，少女娉婷而立，如诗如歌，九渊饮下了杯中酒，好半晌才将她和记忆中那个遍体鳞伤的小姑娘联系起来。

怎能不记得呢?

当他看着那个虽浑身是血但依旧倔强不肯低头的姑娘时,就决定了要带她回家,他欣赏她的傲气,他对她说,以后跟着他,再不用受任何人的欺负。

小姑娘天资聪颖,修炼速度一日千里,很快便凌驾于众人之上,她很早便可在妖界横着走,可是她却一直甘愿受他欺负唯他是从。

心脏处有微弱的疼痛,但当丝竹声入耳,楼里的龟公用清脆的声音唱出一个个勋贵之名,他便再度想起了自己的欲望和目的。

强行按捺下胸口的不适,为掩饰自己的失态,他用恼羞成怒的声音道:"不要再说下去了,也不要企图用过去来要挟我什么,你是我的侍女,既奉我为主,便终生都要听我之令。而且你是妖,哪有那么容易会死。"

听他此言,颜夕眸中最后一点微弱的光,终于彻底熄灭。

她抬手拭去眼角的泪,单膝跪地叩首,用最虔诚的姿态应道:"我从来没有那样想过,只要是少主的要求,颜夕哪怕粉身碎骨都一定会替少主办到。"

她只是想,在去侍奉那人之前,最后一次跟他回忆那些干净的、对她来说无比珍贵的过往。

可是她的少主,不愿听她说。

那就罢了,罢了。

他说得对,她是妖,哪有那么容易会死,就算是为了保他的盛世繁华，她也一定要讨那人的喜欢，再多的折磨也要咬牙撑下去。

第五章
悲逝

看着颜夕拜别他而去的身影，有那么一瞬间，九渊也有过后悔和心如刀割。

可下一刻，当美酒入喉，他便再度忘记了所有的纠结和烦恼。

何以解忧，唯有杜康！

而颜夕当真也没有让他失望，在她进入二皇子府中的隔天，便有二皇子的侍从来奖赏他的识相。借着颜夕得宠的东风，他在京中的地位也跟着水涨船高，以往不屑于正眼看他的勋贵都争先恐后地与他结交，而那些他多次渴望而不得入的地方，如今老板皆对他点头哈腰笑脸相迎。

他活得肆意逍遥，过得醉生梦死，却一点也不知道，颜夕在进入二皇子府中，究竟耗费了多大的代价才博得了对方的喜欢。

二皇子不喜欢哭哭啼啼会扫兴的女人，所以不管面对什么样的折磨，她都不曾悲鸣过半分，就算浑身被刀割得没一块好肉，她也会努力扬起唇角对他露出最好看的笑。二皇子觉得她比那些只会哀叫哭喊的女人有意思多了，渐渐地便将注意力只放在她一个人身上，只以折磨她一个人为乐，想看看她的承受底限究竟是什么。

有时候午夜梦回实在疼得厉害，连最好的伤药也无法缓解她的疼痛，她便拥着自己的肩膀一遍又一遍地告诉自己，为了她的少主，无论如何她也一定要撑下去。

可后来许是因为她偶然间的呢喃呓语被二皇子听了去，那个偏激且嫉妒心格外重的男人捏着她的下巴，笑容冰凉地对她说："本王并不在乎自己的女人究竟爱不爱本王，但本王却很喜欢看到，如果这个女人当着她心上人的面被人侮辱，她会是何反应，她的心上人又会是何反应？"

对于颜夕而言，在九渊看不见的地方，哪怕她遭受再多的苦难，她都能拼命地扛过去，可是她却受不了，在他面前暴露半点不堪。

哪怕她用最谦卑的姿态跪在二皇子的脚边，恳求他收回成命，那个男人依旧当天便兴致勃勃地让人去请了九渊和一大堆的勋贵入府。

为了保证他寻乐之事的绝对成功，二皇子一边命人给颜夕喂下了压制妖力并丧失所有力气的汤药，一边派了很多道行高深的道士驻守府中。

宴会一经开始，二皇子便含笑提议："这些寻常歌舞相信诸位也已经看腻了，近日本王得一绝色爱姬邀诸位一起共赏，凡是有看上爱姬者，皆可随意在场行极乐之事。"

能被二皇子邀请的人，除九渊之外，皆是一群与他同样癫狂偏激之辈，一开始九渊并没有过多在意，直到那不着寸缕的姑娘被人带到大厅之后，他手中的翡翠酒杯才顿时失手落地。

那姑娘眉目如画，浑身是伤，看上去极是憔悴，竟是几月之前被他亲自送到二皇子府上的颜夕。

她无法说话，只是看着他所在的方向无声落泪，无声请求。

也直到那时，九渊才真正意识到，自己究竟将自己青梅竹马的姑娘，推入了什么样的万劫不复之地。

他想要带她走，不想让她被这些畜生糟蹋，可他随行的同伴却适时拉住了他的手，低声劝解："这里四周皆是道行高深的蜀山道士，你现在若有任何轻举妄动，都会被当场诛杀。而且，她已经被你送给了二皇子，早在你决定将她送出的时候，你就应该知晓她会遭受什么样的待遇。好不容易你才爬到今天这个地位，为了一个已经送出去的侍女损失这一切，当真值得吗？"

值得吗？

九渊也在心中反问自己。

是荣华富贵重要，是自己的性命重要，还是颜夕重要？

面对颜夕眼中一点一点寂灭的光，九渊给自己找了很多的理由，诸如他就算动手也保护不了她，诸如这一次二皇子给的奖赏十分丰厚，只要等到宴会结束，明日一早他就带她离开。他不会嫌弃她过往的遭遇，从今往后他都会一直对她好，再不会让她遇到今天这样的事情……

可他想了那样多，却唯独没有想到，就在宴会结束的当晚，当他拥着那些堆积如山的金银珠宝进入梦乡的时候，那个永远会冲在最前面保护他，永远会跟在他身后追随他支持他一切决定的姑娘，绝望自尽了。

她放了一场大火，将她所居住的地方，连带她自己，焚烧得一干二净，什么也没留下。

前来报信的侍从分外不解道："说来也奇怪，以往二殿下还在她身上施展了更多惨不忍睹的花样，也没有见她寻死觅活，怎么就偏偏昨晚之后就想不开了呢？"

话一入耳，九渊只觉得心中顿时尖锐无比的疼痛。

旁人或许不知道，但他却知晓，那是因为他的颜夕在他面前从来都是最美好的姿态，她可以忍受一切的苦难，却唯独无法将自己最不堪的一面展露给他。

而最让她绝望的，应该是他当时的袖手旁观，让她对这个世间彻底绝望。

毕竟，她的一切忍耐都是为了他，可他却在她最需要帮助的时候选择了与折磨她的人举杯，对她的欺辱折磨视而不见。

没有任何人比他更清楚颜夕的坚强，以往在妖界再艰难的历练，她都可以不皱一下眉头，可他的一句随口关心，就让她受宠若惊，高兴很长的时间。

她可以对所有人坚强，却只唯独面对他时，脆弱得不堪一击。

第六章
重圆

　　有时候，世人便是如此，当他们真的彻底失去一个人的时候，才会明白对方的珍贵和美好。那时，再香醇的酒入喉也只剩涩然，再稀有的美味入口也只剩无味。

　　所有的一切，好像在得知颜夕死讯的时候，便彻底地失去了颜色。

　　荣华富贵，权力地位，在那一刻开始都变得微不足道了。

　　就算明知二皇子府上守卫森严，他也甘愿冒着玉石俱焚的代价去他府上，将当晚的始作俑者连带所有糟蹋过颜夕的人，一并送到地狱。

　　他失去一切，被所有的正道通缉，可是所有的一切对他而言都不重要了。

　　他只是想带着他翻遍宫殿残骸留下的那一点点骨灰，去她最喜欢的四季都有鲜花盛开的天禹山，用余生所有的时光来向她忏悔。

　　为了避免有人来打扰他和颜夕的安宁，他在天禹山附近遍布阵法，正道的人围攻过几次无果，又见他确实打算长久避世后，便终是只能作罢。

　　语道这里，九渊低头看向了怀中的少女，声音越发低沉："如果没有遇到季妍，我兴许一辈子都会在天禹山陪伴颜夕。"

时光如白驹过隙，转眼便是一千多年。

就当九渊已经彻底接受了颜夕的死亡，并且打算永远在天禹山陪伴她的时候，他遇到了季妍。

衣衫破旧且没有任何修为灵力的少女，居然莫名穿越了他布下的所有障碍，出现在了他栖居的山洞门口。

那会儿天刚蒙蒙亮，晨曦的微光洒在她身上，有那么一瞬间竟让他恍惚觉得自己好像看到了年幼时的颜夕。

"你……是妖怪吗？"见九渊分外俊美的五官和明显不属于凡尘的凌空打坐姿态，少女声音带了些许颤抖，"抱歉打扰了，我是到这山中来寻药草的，我母亲生病了，无论如何我都想要救她。"

被人打扰了安宁九渊本该愤怒，可如果那姑娘长了一张和年幼时的颜夕一模一样的脸，那他心中便只剩下狂喜。

特别是在得知那个姑娘名唤季妍，今年刚十六岁之后，他枯寂已久的世界，顿时便再度被光明所笼罩。

当初他和颜夕相遇的时候，她的妖龄换算成凡人的年纪，也不过刚刚十六岁，且如今是她去世的一千六百年，他再度遇到了跟她长得一模一样的姑娘，这对九渊而言，无异于上天的恩赐。

尽管他从很早的时候便知道，人死后会经历六道轮回，但妖怪死了便是永远死了，再不会有什么投胎转世。

可这一刻，当他清楚看到季妍的模样后，他却选择了毫不犹豫地相信，他面前的姑娘，便是他追悔思念了多年的颜夕，就算不是颜夕，她也一定是颜夕的转世。

时隔一千多年的再一次相遇，他发誓，必将一直对她好，再不会让任何人任何事伤害她。

思及至此，九渊神色越发柔和，待问清楚季妍她母亲的病情后，便主动带她去寻了药草，并将她安全送出了天禹山。

临走时，季妍十分乖巧地对他道谢，而他则毫不在意地摆了摆手，柔声说："以后不管遇到了什么困难都可以来天禹山找我，若是平日没什么事想来天禹山玩，我也随时欢迎你。"

九渊本就生得好，而季妍的感情世界又正好一片空白，当他对她温柔相待时，刚到豆蔻年华的姑娘根本舍不得有半点拒绝。

九渊在心中对颜夕有多愧疚，在那之后跟季妍的相处之中，他对她便有多宠溺。

他乐于满足季妍的一切愿望，不管是什么。

第一次她来天禹山，他给了她可治百病的灵药，让她的母亲恢复了健康。

第二次她来天禹山，他看着她一如既往破旧的衣裙，于是给了她很多山中珍贵的灵芝老参，让她拿去换钱，让她和她的母亲足以衣食无忧。

第三次她来天禹山，面有忧色，他问过后得知她是因为他给予她的财富被人惦记，为保证她的安全，他便索性给她缔结了契约，让她随时可以动用他的力量。

不管季妍来天禹山多少次，遇到了多少棘手的麻烦，九渊都会一一替她解决。

最初的心动，经过长时间的相处，终于变成了一发不可收拾的爱。

一年后，在她十七岁生辰的当天，依旧年轻娇俏的季妍毅然拒绝了家中给她相看的亲事，独自一人来到了天禹山。

那天刚好下着蒙蒙细雨，她站在他的山洞门口，朗声问他："我娘对我说这世间从来便没有无缘无故的好，但凡有所付出，就一定另有所图。阿九，你告诉我，你为什么会对我这样好？"

恍然间，九渊想到很久之前，他和颜夕刚到人世，那个一贯谨慎的姑娘也对他说过，这世间没有白吃的午餐，可是他当时被繁华迷乱了眼，根本听不进她的劝解，才一手将她推入了绝境。

如今面对季妍的质问，他想也未想，便说出了一直想要说的话："我对你好，是因为我想要你一直留在我身边。"

几乎在他语罢的瞬间，季妍便用最快的速度冲进了山洞，扑入了他怀中。

她微凉的指尖抚上了他的脸，眉眼弯弯地问他："阿九，你的意思是，你爱我，你想要我留在你身边成为你的妻子吗？"

他低头，痴痴地看着少女跟颜夕越发相似的眉眼，心中既悲伤又欢喜，当年明白爱已晚矣的遗憾，好似在今日终将彻底圆满。

良久，他听到自己温声应道："是的，我爱你，我想要你成为我的妻子。"

下一刻，季妍微凉的唇便印上了他的。

她爱他，她想确认的就只是他的心意，她不害怕他是妖，她想，只要他们相爱，这凡尘所有的世俗成见她都可以统统不管。

起初一段时光，他们在天禹山过得很快乐，那段时间里季妍一直都认为自己是这世间最幸福的姑娘。

直到后来，她偶然进入了漫长山洞的终点。

那里繁花盛开，几乎比天禹山最美的月牙坡那边的花还要开得绚烂，一看就是是有人精心打理过。

繁花深处有坟冢，坟冢周围堆满了各式各样的木雕，嬉笑怒骂每一个都跟她有着一模一样的脸，可每一个却都不是她。

坟冢上清清楚楚地写着：吾爱颜夕安息之地，未亡人九渊葬心之所。

至此，他为何一开始便会对她这样无所保留的好，终究彻底明了了。

听见身后响起的脚步身，季妍没有回头，只是努力仰着脖颈望天，直到确定不会有眼泪流下，她方才哽咽着问他："阿九，你对我好，是不是因为我和她长得一模一样？"

第七章
心坟

当初为了和他在一起，她不知道承受了世人多少非议，她族中甚至放话她要是敢跟妖怪在一起厮混，一定会将她逐出本族。

可尽管如此，她也依旧坚定地离开了至亲，只为了义无反顾地跟他在一起。

但那个坟冢，那些数之不清的人偶木雕，无一不是清楚地告诉她，这一切都只是她的黄粱一梦。

没有任何姑娘，可以接受自己是另外一个人的替身。

她爱他，便不给自己留任何余地；同样，她恨他，也不会给对方留任何余地。

离开的时候，季妍对依旧苦苦挽留的九渊说："我曾经在凡间折子戏里看到过这样一个故事，有一名男子他有一个从小喜欢的青梅，他一切的努力都是为了与她比肩。但最后，当他功成名就回来娶她的时候，却发现他的姑娘早已因病去世了多年，只因去世时吩咐了不要让她的死讯影响他的心绪，众人这才齐齐隐瞒了下来。那男子是家中的独子，迫于压力后来又娶了一个姑娘，眉目间皆是以前心上人的影子。后来那个姑娘得知真相后，便毅然决定跟他和离。她说的一句话让我记忆犹新，她说：'活人是永远都争不过死人的。'"

她说："或许在外人看来，这是一个多么美好的故事，青梅枯萎，竹马老去，从此我爱的人都像你。可是谁又关心过那些被当作替身的姑娘，她们心中的悲欢呢？"

若说之前九渊还模模糊糊地不太能分清季妍和颜夕的区别，那么这一刻，他算是彻底清楚了。

他的颜夕，是永远会对他千依百顺的小尾巴，而他面前的姑娘，爱得决绝，恨得明白。

她们除了脸，其实一点也不相似。

或许起初他是因为样貌，才会分外渴望地跟她在一起，可后来却是因为她的鲜活当真让他重新再次焕发了生机。

可是他的明了，永远都会在事情最无法挽回的时候才清醒。

可是那样的话，季妍却一个字都不相信了。

下山之后，她寻到了当初极力邀约她回京的一位明曦国皇子，答应了他的提议。

要忘记一段刻骨铭心的感情，最好的办法就是重新开始一段没有他的人生。

季妍是这样想的，也是这样做的，那段时间她极尽讨好那个皇子，一跃成为他最宠爱的妾室。

也正是因为她的得宠，才让她成为众矢之的，陷入了命悬一线的中毒危机。

在她最需要帮助的时候，是九渊不惜奔波千里寻药去救她。

也直到那时，季妍才知晓，原来自她离开之后，九渊便一直在暗中跟随她，保护她。

如果可以，她很想像以前一样赖在他的怀里撒娇，可是她想到了天禹山的坟冢花海，还有那些跟她有着同样容貌的人偶。

越是深爱，便越无法释怀。

最终看着他疲惫的眉眼，她选择咽下了所有的关怀，只是漠然道："你现在救我，是不是因为我死了，这个世间就再没有一个女子和颜夕如此相似？"

话一出口，便是伤人又伤己。

九渊原本就没有什么血色的脸，瞬间越发苍白。他怔了许久，才苦笑着再度对她伸出了手："阿妍，跟我回去，我们继续过与世无争的日子不好吗？"

季妍抬眸看他，声音依旧冰凉："除非你毁掉那个坟冢和那些人偶，从此彻底将她遗忘，我不想做任何人的替身。"

但这样的要求，于九渊而言，根本就没有任何答应的可能。

他欠颜夕的，已经太多太多，且今生今世都不可能再有机会偿还，他唯一留下的就是那点残灰，那个坟冢。

结果自然不欢而散。

只是身体好了之后，季妍变得越发醉生梦死。

起初几年她容貌巅峰的时候，皇子还时常陪她一起夜夜笙歌，可后来，当她年纪渐长，新进宫的娇俏美人越来越多时，皇子便已然将她遗忘。

唯有九渊，不管她年轻还是已经生了华发，都一直陪在她身边待她如初。

她害怕衰老害怕死去，更害怕自己会被九渊彻底遗忘。

时间证明了九渊的真诚，也再一次让她彻底明白了自己的心意。

繁华浮世转瞬空，世间一切珍宝，皆不如有卿相伴，有情相伴。

她对九渊说，她想要变成妖，她想要永远跟他在一起。

九渊拒绝不了永远相守的诱惑。

无声请求他的季妍，像极了当初倔强的颜夕，他曾经没能救下颜夕，已成毕生遗憾，如今无论如何他都不能再让季妍离开他了。

尾声

那段时间，九渊拜访了很多大妖，也看过很多的书，可只有一本古籍里提到过人变妖的只字片语。

月圆之日，以大妖之血替换之，人亦可成妖。

彼时他手里恰好就有好友素卿留给他救命之用的大妖之血，是以当月月圆，九渊便怀揣着对未来无比憧憬的希望，将妖血注入了季妍的体内。

可最终，他们还是失败了。

季妍凡人之躯无法承受过于强大的妖血，不过片刻就变成了一个力量非常强大，只会以凡人血肉为食的怪物。

她屠尽了皇室所有勋贵，血洗了整个皇宫。

可尽管如此，九渊依旧还是舍不得对她动手，但又不能眼睁睁地看着她继续四处作恶引来杀身之祸，便只好用阵法制造出一个结界，然后用自己的妖丹强行压制住她的力量。

分外虚弱地咳嗽了好半晌，九渊再度抬头看向我："阿卿，很抱歉，动用了你给我的妖血，还给你惹来了这么多的麻烦。这段时间，我也彻底明白了，诸事自有天定，强留不住的。阿妍肯定不愿看到自己成为一个怪物，但我下不了手，所以如果可以的话，我想拜托你结束我二人的性命……"

他说，他爱颜夕，可直到她死，他才明白，却终究悔之晚矣。

他爱季妍，可却让季妍变成了现在的这般模样。

他的人生一直在做重复错误的选择，如今是时候结束所有的一切了。

也许是因为做好了从容赴死的准备，九渊最后将目光缓缓扫过了四周，却在看向月坠的时候，猛地神色剧变。

"是你……"但是话还未来得及说完，便被突然暴起失去控制的季妍贯穿了腹部。

而与此同时，当季妍准备再度扑向我时，有数道光剑直接没入了她的身体。

我堪堪回头，瞧见了匆匆赶来的凌让以及他身后好些看似已经重新听令于他的蜀山道士。

见我与月坠并肩而立，凌让急忙上前一把将我拉到了数米之远后，方才目光沉沉地看着月坠道："有蜀山弟子在海边巡逻时发现了一艘沉没的巨船，竟是安亲王世子月坠出海的那一艘，而船上所有人都已死去多时，这其中也包括了船的主人月坠……"

　　凌让的话让我不寒而栗。

　　如果月坠当真一早出海寻找鲛人的时候便已经死去，那站在我们面前的月坠又是谁？

第八卷
《赤犬》

你有没有过那样一种感觉，
当你第一眼看见那个人，就
觉得她应该是你的，往后哪
怕历经沧海桑田，你能想到
要过一辈子的人，也依旧只
有她一个。

楔子

"你究竟是谁？"

凌让从不说谎，再联想到之前这个月坠的种种不同寻常的行为，我也顿时全身戒备了起来。

此时所有的蜀山道士已经走位完毕，组成了蜀山最强的剑阵，就算是我也没有办法保证自己一定能全身而退。

可月坠却好似一点也没有将这些人放在眼里，他只是定定地看着我，眉眼温柔含笑："大丈夫行不改名坐不改姓，古往今来我一直都叫月坠，岂是哪个凡间浊物可以比拟的。而且早在很久很久之前，我就跟你说过我的名字，你还答应过我永生永世都不会忘记的。"

我蹙眉看他，就算是绞尽脑汁地去想，也始终没有想到半点跟他有关的记忆。"不可能，在此之前我应该从来没有见过你。"

听我如此回答，他脸上有十分明显的失望，但不过片刻，又再度笑了起来："也是，我都忘记了，我现在还是那个凡人的模样，那现在呢？"

他扬手打了一个响指，须臾间原本平和的夜风便变得凌厉了起来，众人皆下意识地闭眼，待到再睁眼时，那名为月坠的男子已经全然变成了另外一个截然不同的模样。

185

银色的长发未束，如月华流淌，大红的衣裳，如画的眉眼，有一种危险到极致，又艳丽到极致的美，好似黄泉岸边，忘川河畔，在暗夜中熠熠生辉的血红彼岸。

如此绝色，诸般风华，按理说如果我见过的话，肯定会有极深的印象，可是我却依旧想不起来任何跟他有关的东西。

更何况他身上的妖气，竟还要比我师父裴墨力量最巅峰的时期还要胜上三分。

而就在与此同时，天边竟有大片乌云转瞬即止，以迅雷不及掩耳之势遮蔽了漫天星光，空中原本明亮的圆月，竟开始以肉眼可见的速度颜色先是变得血红，而后开始一点一点地逐渐残缺。

见此情景，在场所有蜀山道士皆齐齐变了脸色，就连一贯镇定的凌让都瞬间攥紧了手中的长剑："情况不妙啊……"

第一章
血月

民间传闻：月若变色，将有灾殃。青为饥而忧，赤为争与兵，黄为德与喜，白为旱与丧，黑为水，人病且死。

而此时的月亮不仅变成了血红色，而且还恰好碰见了天狗食月之日。

天狗食月，百鬼夜行，万妖显身，天人衰弱。

遇见这种时刻，就算是道行再高深的大妖，也会不由自主地凸显出原形。

当血红色月光笼罩在我身上之后，我的体内顿时充满了力量，而我的双腿也不受控制地变成了银色的蛇尾，耳朵也从人类的圆耳变成了兽类的尖耳，脖颈手臂处还浮现出了同尾巴一样颜色的蛇鳞图腾。

反观月坠，身形也开始不由自主地变大，巨大的头颅与凡间传说的天龙极为相似，可身形却类似麒麟，且背上还有一对巨大的黑色翅膀，其环绕周身的妖气竟浓烈到冲散了好些天边的乌云。

妖界十万妖族我几乎算得上全尽皆知，却没有一种妖族是月坠这般模样，就连一直与各种妖怪打交道的凌让，也是一脸茫然，似对月坠同样茫然不知。

可最后当在月光的照耀下，将他的身影无比清晰地放大并投注在地面上时，我却猛地想到，当初裴墨将我强行退离妖界之时，我也曾恍惚看见过跟他一模一样的巨大剪影。

"月坠！"当下也顾不得蜀山道士们是否在场，我急忙一甩尾便勒住了他的脖子，厉声质问，"月坠，当时引起妖界巨乱，让我师父裴墨不得不将我送离妖界的是不是你？我师父他现在究竟怎么样了？"

事关从小对我恩重如山的师父，我不敢有半点松懈，用于束缚他的尾巴几乎用上了十成十的力道，可尽管如此，月坠也依旧不见有半点痛苦，他依旧只是用墨色的瞳直直看着我的脸。

因着他此时是兽形状态，我一点也看不清楚他是何表情，只是听他用云淡风轻的口吻说道："裴墨嘛……有可能活着，也有可能已经死掉了。我离开妖界时抽掉了他的妖骨，废掉了他的修为，折断了他的手足，将他用十八根写满符咒的困妖索拴在了妖界最为炎热危险的红莲地狱。如果我是裴墨的话，肯定巴不得立马死了才好，起码不用时时刻刻都在受苦。"

以往面对任何人任何事，越是危险我越会强迫自己冷静，可因为受苦的是裴墨，是这个世间对我最好，于我最为重要的师父。

是以月坠话音一落的瞬间，我便因愤怒而红了双眼，就连身上的妖气也顿时暴涨了数倍。

什么理智，什么从长计议，都在得知裴墨备受折磨的瞬间被我全部抛于脑后，此时此刻我唯一所想的便是，杀了月坠，一定要杀了他！

可就在我快要全部妖化，彻底丧失理智的时候，是凌让居然不顾会因妖气受伤的危险，强行介入我跟月坠之间，将我们分开。

"素卿，先冷静，在没有亲眼见到你师父是否安好之前，切莫冲动行事！眼下你若在血月下彻底妖化，以后再想变回人形恢复理智的可能就微乎其微了！"

此时因我与月坠的妖气碰撞，四周风声凄厉无比，也是凌让用传音对我当头棒喝，才让我从这样疯狂危险的状态慢慢地清醒了过来。

见我眼中的红色怒意已然退却，月坠抖了抖身上的鬃毛，言语间依旧轻松从容："虽然没能彻底妖化失去理智，但如果我执意想将你带走的话，你以为仅凭这几个臭道士就当真能阻止我吗？"

"论实力现在的我们的确远不能阻止你，可是……"面对月坠的挑衅，凌让并没有生气，反而十分坦诚地承认了两人间的实力差距，"如果再加上我们蜀山的三位师尊呢？"

可能是为了印证他说的话，此时乌云渐散，正东方取而代之的是蓬勃喷涌的强烈剑气。

明明距离那样近，可是不管是我还是月坠竟然都毫无察觉，可见此三人道行之深，但因为没有人知道月坠的妖力深浅，为谨慎起见，那三位蜀山的师尊并没有立即动手。

见局势已然对自己不利，月坠的身后竟开了一个纯黑色的裂洞，在众人还未反应过来时他便跳入了那个裂洞之中，又在裂洞快要闭合的时候，又恢复成人形的他回头看着我，微微笑道："素卿，下次再见面，无论你身旁有何人，有多少势力保护你，我也一定会带你离开的。"

这么多年来，好不容易寻到了跟当初师父强行封闭妖界有关的线索，我自是不想轻易放弃月坠这个如此重要的线索。

可尽管我用最快的速度转移到了那裂洞边缘，依旧没有来得及赶上进入裂洞，只能眼睁睁地看着月坠自在离开。

而当我准备继续想办法追踪他的妖气时，凌让却踩着长剑飞到了与我并肩的位置，示意我抬头看天。

"素卿，你看天上，这并不是什么自然的天狗食月现象，而是月亮真的在一点一点地消失，好似真的有一头巨大的犬形妖怪在啃食着月亮。"

现在是血月，如果月亮就此消失，最初妖怪们可能只是暂时无法恢复原形，可时间一长便会因为力量的不断暴涨而失去理智，那时候群妖乱世，这世间恐怕就再无太平之日。而为了维护世道安全，所有的修仙正道势必会疯狂除妖，到那时我的朋友们，以及一直与人为善的妖怪们，恐怕也将难逃厄运。

更让我惊讶的是，随着我们与月亮的距离越来越近，那强烈的妖气也让我越发感觉到熟悉，待当真看清楚那啃食月亮的元凶之后，我已经完全没办法掩饰自己的惊讶。

庞大的、被火焰所笼罩的赤红色身躯，金色的竖瞳，浓烈炽热的妖气，一切的一切都在提醒着我，面前的这只巨兽很有可能便是我一直在寻找的人……

"凡尘不能没有月亮，此妖兽非杀不可。"

而与此同时，看见那巨兽的全貌，不少蜀山的长老也异口同声。

"不，不要！"

当初在妖界，除了师父之外，与我最为亲近的便是赤犬王孟疏，后来因为妖界那场混乱我跟他们都彻底失去了联系。这些年除了在凡尘寻找同伴收集力量之外，我也一直在寻觅当初故人们的下落。

眼见他们当真有人已经刀剑出鞘，我立马一甩巨尾径直拦在了他们身前："这妖兽很有可能是我的故人，你们不能伤害他。一则他实力不弱，如果你们当真在这里打起来，到时候恐怕会伤及京都的无辜百姓；二则，若是由我出面阻止的话，我有极大的把握能够化解这次的危局。"

"那万一你认错了那妖兽，又或者那妖兽现在因为受到血月的影响，已经彻底丧失了理智呢？"

我下意识地准备反驳，凌让却先我一步接话："让素卿先试试吧，我们也提前布好剑阵，如果到时候真是最坏的情况，我们再动手也不迟。"

听闻凌让此言，再加上正东方的三位尊者也没有任何异议，蜀山众人这才暂且按兵不动。

"算上这一次，你总共已经帮了我三次了。"心中满满的都是无法言喻的感激，我侧头看向凌让，语气郑重地开口，"大恩不言谢，以后你如果有需要，尽管开口便是。"

也许是被我难得认真的姿态吓了一跳，又或者是因为蜀山的道士都甚少跟女孩子有接触，在我的注视下，他白玉般的脸顿时染上了胭脂般的红，好半晌我才听他磕磕巴巴道："不，不用客气，我帮你也并不是为了回报。"

顿了顿，见其他蜀山众人皆忙着布阵，他凑近我小声道："在我印象里，妖怪就只有作恶多端这一种。但之前海妖的事件，你愿意以性命做担保，让我去试着相信妖怪也有人性和良知。最后陵鱼放弃了报复，你赢了。你活着，这世间的百姓又多了一些保障。这也让我明白，原来妖怪跟人一样，都是有喜怒哀乐，有恶亦有善的。我们虽身份对立，但你是一个好姑娘，值得他人毫无保留地信任。

月光之下，少年眼眸干净，声音温润，好似烟花三月江南河畔最温暖的风，带给人无尽的暖意，就连心中原有的焦灼，也慢慢地得到了抚慰。

"谢谢。"

谢谢你的信任，谢谢你的肯定，也谢谢你让我感觉，在这个凡尘，我并不是孤单一个人在前行。

眼看月亮跟赤犬巨兽都近在咫尺，不适合再做其他交流，我急忙敛了神色，出声唤道："孟疏，不要再吃了，你会被撑死的！"

我本来也并没有百分之百的把握，可幸好在听见了我的声音之后，那一直扑在月亮上啃食的巨兽，居然当真停下了动作。

他回过头，圆圆的眼睛一眨不眨地看着我的脸，好似在确定什么，又好似有些不敢置信。

好半晌，他才"嗷呜"一声巨吼之后，径直扑入了我怀中。

"素卿姐姐，真的是你吗？"

我抬手抚了抚他的头，扬眉道："不然呢？难不成这世间还有第二个白曜大妖？"

听闻我的话，再加上每个妖族独有的妖气特征，在确定了我当真就是素卿本人绝非他人假冒的之后，孟疏金色的眼眸顿时沁出了泪。

他抬头看向天空中已经被他啃出了一块永久残缺的月亮，哽咽道："素卿姐姐，怎么办，我好难过，真的特别特别难过……"

第二章 女娲

孟疏说，其实他原本并非天生的妖族。

在远古洪荒时期，有大神女娲，坐下有八大神兽，他们分别是：神鸟毕方、五爪金龙、玄翼飞虎、七彩游凤、通天赤犬、玄灵神龟、金角天蚣、九尾灵狐。他们镇守八方，协助主人女娲保护三千世界的和平。

而孟疏便是当时最受女娲宠爱的通天赤犬，奉女娲之命照看凡间。

那会儿自盘古开天辟地之后，天上有了太阳、月亮和星星，地上有了山川草木，甚至有了鸟兽虫鱼了，却没有一个可以交谈的对象，难免有些寂寞。

女娲十分喜爱凡间，又不忍爱宠孟疏太过孤单，恰好此时她正蹲在一个池子旁边准备饮水。澄澈的池水照见了她的面容和身影；她笑，池水里的影子也向着她笑；她假装生气，池水里的影子也向着她生气。

她灵机一动，侧身对孟疏道："虽然，凡间各种各样的生物都有了，可单单没有像我们一样的生物，那为什么不创造一种像自己一样的生物加入到其中呢？"

这样想着，她就顺手从池边掘起一团黄泥，掺和了水，在手里揉和着。

她以当时所有威风凛凛的天神为参考，揉捏许久，才终于做好了凡间第一个与神极为相似的生物。

小泥人一经落地便能跑能跳还能与她交谈，女娲遂替这个由自己一手创造出来的生物命名为人，并给他取名为后羿。

可是凡间太大了，仅有后羿一人，孟疏仍然觉得太过冷清，可如果一直让女娲捏土造人，他又担忧她会太过劳累。思量许久，孟疏对女娲提议道："娘娘，兽是雌雄结合，神是男女结合，既然有了男人，我们为何不再创造一个女人，让他们可以结合，然后繁衍后代成为凡间大地真正的主人呢？"

女娲深以为然，略作休息之后，她再掘起一团黄泥，想象着天界所有美貌的神女，捏了一个十分美貌的姑娘，并给她取名为嫦娥，就算是孟疏绞尽脑汁，也无法形容她那万分之一的美丽。

而与后羿所不同的是，嫦娥一落地便会唱歌，其歌声能引来百鸟的驻足。兴起之时，她还会自己编排婀娜精妙的舞蹈，就算比之天界跳舞最好的九天玄女也丝毫不逊色。她笑的时候，如夏花绚烂；她静默的时候，如月桂亭亭。

自打她出现在凡间之后，不管是孟疏还是后羿，都再舍不得将目光从她身上挪开。

那时凡尘还没有一见钟情这样的词汇，孟疏也说不清自己为何一看见嫦娥便会心跳加速，他只知道，当他看见这个姑娘的时候，他便觉得她应该是他的，一辈子，永永远远都是他的。

他后悔了自己对女娲的提议，他找到自己的主人，化身成娇小的兽形，卧在女娲的膝头依依撒娇："娘娘，我喜欢那个姑娘，我想要跟她在一起，你重新再捏一个姑娘代替她嫁给后羿好不好？"

女娲素来疼爱孟疏，想也未想便答应了他的要求。

她重新捏了一个姑娘，模样比嫦娥更为精致妩媚，且那姑娘一入凡间，便对后羿十分心仪。

只是看着那姑娘走远之后，女娲也侧头看着又恢复如玉少年模样的孟疏，轻轻地叹了口气："我虽然创造了凡人，但是却并没有办法控制他们的思想和感情，也不能去干预他们自己做出的决定。小疏，你如果真的喜欢嫦娥，想要跟她在一起，这一切都还得靠你自己。"

孟疏忙不迭地点头，在当时的他看来，他是神兽，其地位就算是天界也是赫赫有名，他一跺脚山河俱碎，他一现身，万兽退避，不管从哪方面他都比会老会死的后羿强出了太多太多，他的嫦娥根本就没有任何的可能会拒绝他。

所以在恭送女娲回天界之后，他便马上寻到了在河边洗果子的嫦娥，眉眼弯弯地对她说："嫦娥姑娘，从今往后你就是我的了，只要你跟着我，我可以给你想要的一切。"

来寻嫦娥之前，孟疏想象了很多嫦娥的反应，比如说会满脸娇羞地扑入他怀中，又比如说会高兴得直接用她美妙的歌喉为他唱歌……但他想了那样多却唯独没有想到，他的姑娘只是慢慢地搁下了手中的果子，然后面无表情地看着他说："可是我并没有什么想要的东西，如果非要说的话，我想成为后羿的妻子，并且请你不要来打扰我们的生活。"

诚然正如女娲所想，后羿和嫦娥都是她一手创造，他们沾了女娲身上的神气，也正是因为如此，他们自诞生之初，便拥有自己的思想和感情。比起白白嫩嫩模样精致漂亮如同小姑娘一样的孟疏，嫦娥更喜欢英俊挺拔如悬崖劲松一样的后羿。

而后羿对于嫦娥亦是如此，就算后来女娲创造了一个更漂亮的姑娘，他还是只对嫦娥有怦然心动的感觉，并再不打算更改。

第三章
冷遇

生平第一次被人如此拒绝，孟疏很受打击，但同时对嫦娥志在必得的决心也愈演愈烈。

那时候凡尘还俱是荒芜，凡人们为了觅食活下去，总是会历经诸多艰难，而孟疏只要一有空闲时间，便会天南地北地去寻各种稀有珍贵的吃食送到嫦娥居住的山洞外。凡人都还不会做衣裳，夏日以树叶裹身，冬日以兽皮蔽体，他唯恐嫦娥娇嫩的肌肤被那些俗物划伤，便回天界用自己收藏的法宝为交换，请求织女按照嫦娥的尺寸给她做了最美的天衣。

他总是想着，只要他日复一日、年复一年地对她好，终有一日嫦娥会发现他的好，离开后羿投入他的怀抱。

可不管他费了多少工夫替她寻觅吃食，赠她各种珍宝，嫦娥都始终对他不屑一顾，拒绝接受他给与的一切。

而相反的是，哪怕后羿一无所有，寻的吃食粗劣不堪，猎的兽也再普通不过，但嫦娥只要一见到他，便会对他露出最美的微笑。每次后羿出门，她一定会在山洞前等他归来，替他擦拭完额头的汗水之后，再去洗手为他作羹汤。若家中存粮颇多，两人又都闲暇时，孟疏就会听到嫦娥为后羿唱只属于他们两人的歌，为后羿跳只为他绽放的舞。

孟疏很喜欢嫦娥的歌声，可是她却从来不会为他歌唱；他很喜欢嫦娥的微笑，可是对于他，嫦娥永远都是神情冷漠。

当时的他并不知道，在感情的世界，情人眼里出西施。只要嫦娥爱后羿，那后羿在她眼中就俨然是这世间最好的男子，谁都比不上。

孟疏只知道自己非常嫉妒后羿，他明明什么都比后羿好，可嫦娥却偏偏不愿意跟他在一起。他舍不得责怪嫦娥半句，便将所有的怒火都倾泻到了后羿身上。

爱情容易让人变得冲动，而冲动之下人往往会犯下不可饶恕的罪孽。

后羿去打猎，选了哪座山，他提前用神威逼走那座山的野兽；后羿去捕鱼，他张开巨口，提前吞下所有的鱼类；后羿去摘果子，他卷起狂风吹走一切。但凡后羿想做之事，他都想尽一切办法为难。

尽管如此，后羿还是没有屈服，哪怕再苦再累，他也会为嫦娥寻找食物。而哪怕孟疏在此时给嫦娥带来了无数的珍馐美味，她也不会尝一口。

嫦娥对孟疏越冷淡，孟疏就越是厌恶后羿。

听闻后羿想带族人去开辟更好的居住之所，其地点恰好在巴陵附近，他便制造了巨大的声响惊动了居住在巴陵的大妖巴蛇。

巴蛇是脾气极坏的妖怪，生于天地初分之时，既能吐水，又能喷火。过往高兴时就吐水，冲坏道路、田地。生气时就喷火，烧毁庄稼、房屋。

眼下巴蛇误以为惊扰他的人是后羿等人，当下便对他们进行了疯狂攻击。

好在那会儿凡间妖魔出入都比较频繁，后羿身为人族首领已经有过多次和妖怪们搏斗的经验。他让无法战斗的子民先走，而后诱巴蛇进入没办法大范围活动的丛林之中，设计除掉了巴蛇，但是他自己却也因此受了很严重的伤。

众人皆叹息运道不好，唯有嫦娥若有所思地说："此时正值冬季，正是蛇类冬眠沉睡的时候，按理说就我们路过的声响根本不足以惊醒那些妖怪，而在此之前你们都说曾听到过巨兽的咆哮……"

后羿为人正直勇敢，就算后来凡间兴起了很多的氏族，他跟所有部落的关系都相处得非常融洽。先前的各种为难，今天的巨兽嘶吼，单单只唯独后羿一人受伤……这一切联系起来，嫦娥已然心中有数。

在确定后羿没有生命之危后，嫦娥连夜赶到了孟疏的居所。

对于嫦娥生平第一次的主动拜访，孟疏欢喜得不知该如何是好，可他还未来得及对她说出自己的高兴，嫦娥扬手便给了他一记响亮的耳光。

她目光冰冷地看他，语气凌厉似刀："孟疏，你真让我觉得恶心。就算没有后羿，就算全天下的男人都死光了，我也不会跟你这样只会为难他人的卑鄙之徒在一起。"

她说："你永远也不懂什么才是真正地喜欢一个人，也不懂什么才是真正的感情。"

第四章
怒火

孟疏又委屈又愤怒。

如果不是因为喜欢，他又何必为她做那么多，只为讨她一点欢心。

如果不是因为顾及她的意愿，他堂堂的一界正神，就算强要了一个凡人那又如何？

他一直把她捧在手心上呵护，唯恐她受半点委屈，就算被她一而再三地拒绝，他也未曾有过半点恼怒。

可是他喜欢的姑娘，终于主动来寻他，却是为了替另外一个男人出气。

至此，孟疏才彻底愤怒了。

他原本在臣服于女娲坐下之前，就是赤犬一族最当之无愧的王者，性子骄傲行事任性，就算后来跟着女娲进入了天界，他也是威风凛凛的存在。

因为他喜欢她，所以甘愿卑微到了尘埃，可那并不代表他可以接受自己喜欢的姑娘为了另外一个男人，让自己一再伤心绝望。

都说是人性脆弱经不起考验，以往在天界多少爱侣大难临头各自飞，他倒要看看，当真正的危险来临，后羿是不是还会一如既往地待她。

他知道后羿重情义，对自己的子民十分看重，他便拜托了好友三足金乌，一行十只巨鸟化作烈阳，日月高悬于凡尘上空。

没有夜晚，没有甘霖，凡间的土地开始因为极度缺水而干裂，大片的庄稼迅速枯萎，鸟兽虫鱼开始四处搬迁逃窜，就连那些高耸入云的树木也接连枯死，身为万物之灵的人们无法劳作，也无法出门，民不聊生，一片凄惨之状。

可尽管如此，后羿依旧没有屈服。

他在深海寻到天外玄铁，又用自己积攒的所有食物，请当世最出名的铸造大师给他打造了一张巨弓。

他徒步攀上了难于上青天的蜀山，而后在山顶最高的位置拉弓挽箭，一连射下了九只金乌。余下一只见情况不妙，遂快速跑回了日落西沉的归属之地虞渊。

金乌是炎帝最喜欢的宠物，九只金乌的同时死亡让炎帝格外震怒。为了惩罚后羿跟他的族人，炎帝捅破了天地，让人间变成了一片汪洋。

孟疏没有想到事情会演变成如此，心下十分后悔，他发动了族人在巨潮来临之前救下了所有的凡人，却无力堵上天地之间的漏洞。

得知此事，女娲并没有责怪他，只是摸了摸他的头，一如往常那般温柔地对他说："小疏，以后不要再继续犯错了，也不要为难后羿，人世的繁荣需要他这样的王者。"

一则，为了替孟疏弥补这次的弥天大错；二则，天性慈悲的女娲也不愿看到那些虔诚供奉她的百姓们再受苦难折磨。女娲冶炼五色石来修补苍天，砍断海中巨鳌的脚来做撑起四方的天柱，杀死黑龙来拯救冀州，用芦灰堆积起来堵塞住了洪水，最后为了彻底弥补天与地的缝隙，她贡献了自己的性命，让天彻底稳固。

女娲的逝去让孟疏格外悲伤，同时也更加觉得后羿不可原谅。他答应过女娲不伤害后羿，但又忍受不了嫦娥一直在他身边。

他思量许久，终是想到了一个自认为两全其美的方法。

这世间不论妖怪还是凡人，都会畏惧死亡，渴望长生不老。想到这一点，孟疏便决定将西王母曾经赐予他的一颗可以直接飞升成仙的灵药交给后羿。

他希望后羿吃掉之后能够飞升上天界，神灵都有各自的职责轻易不能离开天界，这样的话，他在凡间便可以和嫦娥朝夕相处，日久生情，她迟早都会接受他的。

他想到了世人隐藏最深的恐惧，也考虑到了后羿恐怕会不愿收下，最后以和解为借口送出了那颗神药。

只是他唯独没有估计到的是后羿对嫦娥的感情。这般珍贵的东西，他竟想也未想便把药交给了嫦娥，比起孤独的永生，他更愿意和心爱的姑娘一起白首偕老。

后羿对月起誓："不管生老病死，此生此世，我后羿绝不会辜负嫦娥。"

而更出乎他意外的是，当时他跟后羿的对话竟悉数被后羿那个一直心怀不轨的门徒蓬蒙听了个正着。

趁着后羿带族人外出开荒之际，他竟寻到了嫦娥逼她交出可以飞升得道的灵药。

对于后羿交给她的东西，嫦娥素来都看得尤为重要，她不想让蓬蒙得逞，两人争执间，一时不慎，嫦娥竟将那颗灵药吞入了腹中。

灵药一入口，嫦娥的脚下便有祥云冉冉升起，就算她拼了命地想留在凡间，可最终还是距离她的故土越来越远。

而得知嫦娥因缘巧合飞升的消息后，孟疏开心得一连转了好几个圈。

她飞升成仙，他便可以禀告玉帝，娶她过门，从今往后更加名正言顺地与她长相厮守。

他寻到嫦娥，满眼皆是道不尽的欢喜。

也直到那时，她才终于知晓，他给后羿灵药的真实目的。

飞升成仙，修成正果，或许是很多人梦寐以求之事，可那些人之中，却绝对不包括后羿跟嫦娥。

她有多想要跟后羿长相厮守，此时对始作俑者的孟疏便有多痛恨。

因为他的一己之私，她迫不得已飞升成仙，来到了天界，入了神籍。从今往后就再不能轻易踏足凡间，就此她和后羿便彻底天人永隔。

天界诸神都十分爱惜自己的羽毛，不会轻易做出杀敌一千自损八百之事，可嫦娥却在飞升天界的次日，便一纸状书将孟疏告上了云霄殿，内容事无巨细，尤其是孟疏唤醒巴蛇、勾结金乌，以及惹炎帝勃然大怒殃及凡间这些事。

孟疏对这些事供认不讳。

早在他为了爱情，走错第一步的时候，他就知道迟早会有这么一天。

这是他应得的报应。

第五章
转折

最终经过调查，事情都属实之后，孟疏被革除了神籍，剔去了神骨，只是念及女娲娘娘的颜面和他本人过去为天界立下的汗马功劳，天帝网开一面留了孟疏的性命。

　　只是死罪难免，活罪难逃，从今往后孟疏将被打回妖界，再不能踏足天界半步。

　　其实对于这些虚名，孟疏原本就一点都不在意，可唯独让他心如刀割的是嫦娥的态度。

　　那一刻，当嫦娥在诸神面前细数他的罪状时，他是那样清晰地感觉到了她的恨。而他受罚那天，他看见了她的微笑，笑中带泪，是那样的痛快和释然。

　　坠入妖界的时候，他想，这世间最悲哀的事莫过于，他有多爱她，他喜欢的姑娘便有多恨他。

　　不过也正是因为经过了此事，孟疏终于看清了现实。

　　在重归妖界为王之后，孟疏尝试过去寻找其他姑娘。可是不是嫦娥，他都无法与她们心平气和地相处。而后多年，他亦尝试过用各种各样的方法忘记她。

　　她就像是在他的胸口挖了一个洞，深深扎入了根，要忘记，除非他的心跳停止。

　　他在妖界认识了很多的人，譬如永远优雅温和的妖界之主裴墨，又譬如裴墨唯一的徒弟素卿。他们教导了他很多的道理，也让他渐渐明白，强扭的瓜终究不甜。

　　也是那时他才明白，当真喜欢一个人，若她已经心有所属，最好莫过于放手成全，喜欢她，便不要让她有半点难过。

　　但嫦娥飞升之后，后羿亦在凡间郁郁而终，他如今在嫦娥眼里的形象已经黑得不能再黑，坏得不能再坏。他不敢出现在她面前，唯恐会再惹她生气。如若实在太过想念，他便悄悄潜入天界，在她所住的月宫外，遥遥看上一眼。

后来神魔两界开战顺带波及了妖界跟凡间，到处都是硝烟战火，尤为动荡不安，他太过担心她的安全，也顾不得什么天罚的危险，在安顿好族人之后，便立马赶去了天界。

他到的时候，嫦娥的情况已经极为危险了。

天界到处都是有毒的瘴气，她的眼睛受到瘴气的影响已经看不见了。且因为她容貌出色的缘故，还险些被一些卑劣肮脏的魔兵玷污。

他救了她，却害怕会被她讨厌。

当她对他说谢谢，问及他的姓名之时。

孟疏默了良久，才用变声果改变了原本清悦的嗓音沉声应道："大家同属天界之神，理应互相帮助，嫦娥仙子不必言谢。"

大概是知晓对方不愿多说，后来嫦娥便不再多问。

瘴气入体之后，嫦娥原本千娇百媚的容貌也开始变得丑陋不堪。有时候她自己摸上自己已经变得凹凸不平的脸，就算看不见也都会觉得万分可怕，但孟疏却一点也不介意。或许一开始他先爱慕的是她的容颜，可后来当感情逐渐升华，只要是她，无论美丽还是丑陋，无论健康还是残疾，他都还是一样爱她。

随后的日子，他带着她在三千世界四处躲避战火，待到局势稳定一些，他知道她还是特别在意自己的眼睛和容貌，便又带着她四处求医问药，想要替她彻底根除瘴气。

不管如何艰难的局面，他都始终不曾松开过她的手。每当危险来临，他总是想也未想地拔剑将她挡在身后。

有一段时间，天界局势甚微，四处都是魔族的肆掠，嫦娥没有战斗能力，他不能带她出去冒险，便寻了一处隐秘的地方躲藏，谁知却意外地步入一个上古剑阵之中。

剑阵之中除了步步惊心的杀机之外，没有任何可供果腹的食物，为避免虚弱的嫦娥撑不下去，他割了自己的血肉给她续命。

那个时候距离后羿去世已经过去了很多年，她清楚地记得他的模样，可是却再没有和他的未来了。其他的神皆有族人，可她在天界却一直孤身一人住在偏僻清冷的广寒宫，如果一个男人在你最丑最落魄的时候，还愿意豁出性命保护你，又不求任何回报。

大抵所有姑娘，都会沦陷。

所以在走出剑阵的当天，她便上前拉住了孟疏的手，一字一句极是认真地对他说道："若这场战争能结束，若那时我们都还活着，往后你在，我在，你走，我随。"

那是孟疏做梦都想听到的话，如果可以，他真的就想像现在这般隐瞒身份，陪她过一辈子。

可是他知道没有光明是多么残忍的一件事，他已经做错过很多的事，如今再不能自私地继续错下去。

她彻底痊愈的那一天，也必将是他彻底离开的那一天。

第六章
错过

　　然而说来也巧，就在嫦娥快要痊愈的那会儿，天界和魔界终于止战，但妖界却陷入了一片混乱。

　　身为赤犬一族的王，孟疏必须要回妖界，那里有他的族人，还有对他肝胆相照的朋友。

　　临走的时候，嫦娥拉着他的衣角，声音悲切地问他："那你还会不会回来？"

　　他说："会的，我一定会回来的。"

　　但他心底却清晰地明白，往后就算再相见，她也不会知道，他便是当初一直保护她的人，更不会愿意接受，自己曾被他保护过吧。

　　毕竟，她那样恨他。

　　将嫦娥送回月宫之后，孟疏连夜赶回了妖界。

　　然而当他赶到的时候，妖界之门已经彻底关闭。他用了很多方法都无果，遂决定先回天界再看一看嫦娥，确认她当真平安后，他再安心地去查探妖界之门为何会突然关闭的真相。

　　可让他没想到的是，当他悄然赶到天界之时，竟听闻月宫仙子嫦娥要跟天将吴刚喜结连理的传闻，而更让他惊讶的是，嫦娥会爱上吴刚，全然是因为在她最危险无助的时候，是吴刚一直在身旁陪伴她、保护她。

孟疏先是出奇愤怒，可随后想到，他既然已经被贬妖界，而她却是天界的神，她和他之间本来就只是他的一厢情愿，如今隔着身份种族，早已是再无任何可能。

吴刚他是知道的，跟正直勇敢的后羿极为相似的一个天将，也只有那样的男子，才能给她真正想要的幸福吧。

至于他们生死相随的时光，他一个人知晓，一个人记得便已然足够。

而嫦娥之所以会将吴刚误认为是她的救命恩人，则是因为吴刚本人的声音，跟他用变声果改变之后的声音一模一样。

这世间之事便是如此，十有八九大多事与愿违，他苦求而不得的姑娘，一次又一次与他擦身而过，一次又一次地爱上了别人，哪怕他比后羿更早爱上她，哪怕他比吴刚更早保护她。

可就当孟疏已经说服自己彻底放手的时候，吴刚却对嫦娥说，他很担心他们的事情若被孟疏知道后，会引来孟疏的疯狂报复。

爱情容易让人变得多疑、敏感、冲动、偏激，让善良的人生魔，就犹如之前的孟疏，也犹如现在的吴刚。

吴刚知道是孟疏救的嫦娥，他很担心，若事情当真有一天曝光，他心爱的姑娘一定会离他而去。

因为有后羿的例子在前，嫦娥深以为然，亦十分忧心。她问他："那如今之计，我们该怎么办呢？"

吴刚答："先下手为强，你诱出孟疏，我们再设计让他犯下不可饶恕的重罪。"

嫦娥本就对孟疏尤为痛恨，所以想也未想便点头应下了。

她想要保护她的爱情，她不想再一次因为孟疏，而跟所爱之人永远分离。

孟疏素日里虽然天资聪颖，对人对事都分外谨慎，但只要一遇到跟嫦娥有关的事情，便会丧失所有的理智。

嫦娥用仙鹤给他传信说，想在成亲之前告别过去的所有恩怨，跟他和解。

他便高兴得整夜整夜睡不着觉，到了约定的时间，便迫不及待地欣然前往。

只是当他赶到约定地点的时候，却并没有见到他心心念念的姑娘，而只看到了一把破碎不堪的弓箭。与此同时还有许多从西方论佛归来的神，恰好看见了他和那把破碎的弓。

弓箭通体纯黑，赫然是人王伏羲当初用来射下金乌的那把射日弓，而他去世之后，那把弓箭便被作为神器收在了天界。

孟疏跟后羿的纠葛，在天界几乎尽人皆知，又有嫦娥和吴刚一起作证，说是孟疏不满他们成亲，破坏了射日弓以示威胁。

此时孟疏是妖，而嫦娥和吴刚都是天界的神，再加上孟疏对后羿的仇恨诸神也亲眼见证过，是以根本就没有任何人会怀疑嫦娥和吴刚的话。

孟疏私上天界本就是重罪，毁坏神器更是罪上加罪，直接便被天帝以不知悔改为由，判了斩立决。

而吴刚却在此时继续义正词严地建议："孟疏乃是赤犬一族的王，若听闻他的死讯，那些本来就无视道德伦常的妖怪，肯定会到天界讨要一个说法，倒不如陛下下旨，在孟疏行刑的当天也让天兵天将去一并处理了赤犬一族。"

想到自己很久以前确实犯下过许多不可饶恕的罪孽，所以在此之前，面对嫦娥和吴刚的种种污蔑，孟疏都始终沉默以对，没想过辩驳。

可是错的是他，他祸乱凡间，他最有应得，干那些一贯与人为善的族人有何辜？

他不知道天界是否有直接打开妖界之门的方法，他寒心嫦娥的无情，更担心族人当真会因此受到牵连，所以拼了命地想要逃出天界。

尾声

孟疏说，他后来拼尽全力终于逃出了天界，可是却因为受伤极为严重，而陷入了很长时间的昏迷，好不容易醒转之后，又发现自己身处危机四伏却又万分荒芜的蛮荒。所以他那一身的重伤，一养便是数千年。

这些年间，他将从前之事反反复复想了很多遍，更不知族人是否当真受到了他的牵连，他只知晓后来不知为何嫦娥和吴刚才是毁火射日弓凶手的事情被人曝光，他们到底还是没能结成夫妻，吴刚被罚在广寒宫外砍一棵永远不会倒的桂花树，而嫦娥则被幽禁在广寒宫内，至死不得外出。

得知他们都待在月亮之上，待到伤势全部恢复，已经对一切都分外绝望的孟疏便决定吞噬掉月宫，跟他最心爱的姑娘和他最痛恨的男人一起同归于尽。

诚然在早些年，孟疏确实做过很多很多的错事，但他也受到了严厉的惩罚，且之后也一直都在想办法弥补当年的过错。有很长的一段时间，我和他都还在妖界的时候，他一直念叨的就是自己罪有应得，而做的最多便是去凡间帮助一切需要帮助的凡人和生灵。

对于嫦娥，他也当真是选择了祝福跟放手。后来再听闻他的遭遇我才会又生气又心疼。

"可是如果你当真吃掉这么大的一个月亮，你自己也会被活活撑死的！"对于孟疏的过往，凌让也是感慨万分，"人非圣贤孰能无过，你愿意改正，且一直都在想办法弥补，便一定会被原谅的。"

我知道一旦碰到跟感情有关的事，就算再过几千年、几万年，孟疏也还是一如既往的懵懂无知。

于是我仔细思量了一会儿，还是觉得，无论如何都要将这件事的真相全部告知嫦娥，至于她是选择继续痛恨孟疏，还是选择原谅孟疏，至少这段纠葛数千年的情缘最终也有了一个结果。

让凌让好好照看孟疏之后，我便径直飞往了广寒宫的方向。

因为神和妖都不会老不会死，所以我见到的嫦娥，依旧还是最美丽的少女模样。

　　许是因为数千年的囚禁终究耗光了她所有的戾气，也磨平了她所有的棱角，见我如此突兀地出现，她只是万分平静地问我："怎么？孟疏不打算继续啃月亮，所以直接让你来杀了我吗？"

　　我无意跟她打官腔，索性开门见山地摇了摇头说："不，我只是来告诉你当年的真相。"

　　我本来以为，在得知这一切之后，我眼前的姑娘多多少少都会有些情绪上的波动，可她依旧只是用她清澈干净的眸子静静地看着我道："这件事，我后来也已经想到了。当时的吴刚与其说担忧我和他的未来被孟疏破坏，倒不如说他更担心有一天我会知道他并非是救我伴我之人。也正是因为想通了这一点，在孟疏逃出天界之后，我才会让人去捅破射日弓的真相，结束那一段看似美满实则充满谎言和荒唐的亲事。"

　　见我目露惊讶，嫦娥轻轻地笑了一声，接着说："可就算我得知了真相，那又如何呢？我跟孟疏中间隔了那样多的生死仇恨，如今我被永生囚禁，而他又是被天界通缉的妖，我们之间早就没有了未来。"

　　那天谈话的最后，嫦娥提议让孟疏去见她，而后她亲自用忘川之水做了一个月饼让孟疏吃下，随后孟疏便陷入了沉睡。

　　看着孟疏精致如画的脸，嫦娥敛眉淡道："待到他再度醒转，便会彻底忘记跟我有关的一切。"

从此孟疏和嫦娥，两不相欠，永不相见。

　　我不知道这样的结局是好还是坏，倒是在安顿好孟疏后，凌让长长地叹了口气："嫦娥心中还是爱孟疏的吧？毕竟如果她还是一如既往恨他的话，那当时月饼里掺入的就应该是致命的毒药了，而并非只是用忘川之水让孟疏忘记一切，醒来后重新开始新的人生。"

　　抬头看了看已经又恢复如初的明亮圆月，我心中亦是同样感慨万千："或许吧。"

　　只是永生寂寞，长夜寒凉，从今往后月宫之外，再也不会有一个悄悄看着心上人的痴情少年了。

第九卷
《玄蛾》

周朝灭亡之后，世人皆笑周幽王癫狂痴傻，放着大好的万里江山不要，偏偏要用天下去博褒姒的一笑，当真死得半点不冤。唯有阿骊一年又一年地坚持守在周幽王的亡故之地，希望能遇到一个像他一样痴情的男人，许她一段飞蛾扑火般轰轰烈烈的爱情。

楔子

天狗食月的危机解决之后，再加上有凌让愿意堵上身家性命为担保，蜀山总算相信了我的清白，并表示为了世间的安稳，他们愿意帮助我一起去寻找神秘而又危险的月坠。一来弄清楚事情的真相，二来也想助我一臂之力，等妖界彻底打开，许多妖怪都会重回灵气充裕的妖界修炼，到时候人间就会多一些安稳，而他们则少一些奔波麻烦。

待略微休整了一会儿，为保证最快找到月坠，众人决定兵分几路出发，蜀山的师尊回去坐镇师门，随后便会派出更多的蜀山弟子加入寻找。道行略低的一些便由长老带队，蜀山本准备让凌让也一起返回师门，让其他长老随我一起，可除了凌让其他的人我并不相信也并不熟悉，是以一番僵持之后，蜀山那群思想顽固的臭道士总算勉强同意了他们的宝贝接班人凌让随我一起去寻找月坠。

第一章
故人

说实话，那天月坠的消失太过突然，到现在已经早就寻不到半点跟他有关的妖气。偌大尘世，茫茫人海，怎样在最短的时间寻找到他，就算有蜀山的帮忙，情况也一点不容乐观。

可让我跟凌让都没有想到的是，我们刚刚跟蜀山其他人分道扬镳，还未来得及走远，便有铺天盖地的巨大黑色飞蛾将我们团团包围了起来。

此时正值中午艳阳正烈的时候，可是铺天盖地的黑色飞蛾，竟生生地将我们视线所及的所有天地都统统遮蔽，让一切重新笼罩在黑暗之中。

而最让我们觉得分外麻烦的是，那些飞蛾不管我们击落多少，总是会有源源不断地继续扑上来不说，它们翅膀飞行振动之时，还会落下很多有剧毒的鳞粉，那些黑色的鳞粉能腐蚀草木，侵蚀结界，就连凌让的剑触碰它们的次数多了，都开始有了斑驳的锈迹。

最后眼看着凌让布下的结界就要被那群飞蛾彻底侵蚀，我抬手勉强丢出一个师父防护法宝加固了结界后，方才侧身对凌让道："一会儿我用所有妖气在这一片布下冲天烈焰，然后你便趁此机会冲出这片危险区域，向着蜀山的方向有多快跑多快。"

凌让手间动作一顿，回头看我，黑曜石般的眼深邃冷然："你觉得我是贪生怕死之人，还是认定了我就一定会丢下你？还是说，因为你感觉这件事肯定跟月坠有关，所以想一个人留下解决一切？"

那是他第一次用那般严厉的口吻对我说话。

不知为何，面对许多危险都未曾有过任何慌乱的我，这时竟心中一紧，颇有些不知所措："我……"

然而正当我准备回答的时候，天空中原本的飞蛾竟渐渐合众为一，化为一个身着玄衣、面容苍白眉目清冷的少女。

　　而原本玄蛾分散的妖气，也在回归本体之后，瞬间暴涨到了极致，竟隐隐有逼近月坠的趋势。

　　妖界里面的飞蛾蝴蝶就算修成了妖，也都是一些漂亮的无害的外表精致美丽的妖怪，喜食花蜜，却一点也不擅长打斗。后来我进入凡尘，遇到的飞蛾蝴蝶一类的妖怪，几乎都与妖界一般无二，可眼下我们遇到的蛾妖却无比危险，随时都有可能送我们下地狱。

　　来不及再多说什么，与凌让对视一眼之后，我和他都同时神情戒备，做好了战斗的准备。

　　毕竟来者不善，善者不来，而且直觉都告诉我们，这个看似娇小无害的少女，一出手便让我们吃了这么大一个暗亏，之后的战斗肯定不会轻松。

　　然而就算我与凌让已经摆好了战斗的架势，那姑娘都始终未曾上前一步，她只是微微歪着头，眼睛一眨不眨地看着我祭出的法宝良久，才慢慢将视线落在了我身上："这是妖界之主裴墨最喜欢的黄泉灵玉，世间只此一块，见玉如见人，能号令世间万妖，你怎么会有这个？你是裴墨的什么人？"

　　自古以来，妖界都是以实力论资排辈，我师父裴墨实力强横身份尊贵，一般在妖界大多数妖怪都会恭敬地尊称他为妖主。在我的记忆之中，他的敌人只会直唤他的妖身原形，而仅有他的朋友才会称呼裴墨……

217

在确定了对方并没有动手的意思，且言语间都对我师父透露着亲昵熟悉之后，我亦索性收回了外放的妖气，抬眸看向她道："裴墨是我师父，不知姑娘你是……"

　　"难怪你刚才攻击我的招式让我感觉那么熟悉，没想到你竟然是他的徒弟。不过你既然有他的灵玉，便代表了他认可了你是他最亲近信任之人。昔年在妖界，裴墨对我有大恩，此战便作罢，我不会伤害你的。"听完我的回答，那姑娘又掩唇咳嗽了好一阵，方才唇角一弯，露出了颊边一对讨喜的酒窝，也让她多了几分人气，"对了，我叫阿骊，是一只玄蛾妖。"

　　玄蛾妖，阿骊。如果我没记错的话，确实是我师父时常提到的挚友之一，但与其他靠修炼化形的妖怪所不同的是，她是从西天而来，实力强大，却天性懵懂，时常被妖怪们忽悠欺骗。早些年快饿死的时候，被我师父捡到，手把手教她学会控制力量，读书认字，故而阿骊对我师父极为感激。

　　只是后来听师父说，阿骊在彻底学会控制力量后，便谨遵佛祖旨意去凡尘体会世人的悲喜痛苦，一去不复返。是以当师父收我为徒之后，我才并没有在妖界见过她。

　　思及至此，再开口时，我亦决定直接问道："阿骊，既然你跟我师父是好友，那你可知道，妖界大门关闭，我师父生死未知，都是月坠所为？而你此番突然攻击我和凌让，又是否是受月坠的指使？"

　　阿骊咬了咬唇角，神情颇为后悔懊恼："确实是月坠让我来寻你们的，只说要活捉你，而和你同路的蜀山道士则死活不论。但他并没有告知我，你是裴墨的徒弟。"

凌让微微蹙眉："既然他是有心想让你对付我们，自然不会让你知道这一切，如果今日素卿身上没有她师父的信物，最终我们斗下来肯定是两败俱伤，到时候就算你知道了真相，恐怕也无法阻止月坠将素卿带走。"

顿了顿，见阿骊越发内疚，我便用手肘碰了碰凌让这个一根筋的傻道士，让他停止了分析，并转向另外一个重点话题："没事，既然最糟糕的事情并没有发生，那就是最幸运的事情了。不过我很好奇的是，阿骊，你为什么要听从月坠的命令呢？或者是他用什么威胁你替他办事？"

阿骊神色暗了暗，好半晌才低声开口道："我想让月坠帮我复活一个人。"

"什么人？"

"秦始皇，嬴政。"

此言一出，我与凌让皆是一惊，尤其是凌让，当即便脱口而出道："阿骊姑娘，恕我直言。秦始皇那样的帝王命格，早就投胎转世了，就算你将他的躯壳保存得再好，他也不可能活过来。就算找到了可以代替魂魄的东西，他也不会是当初的秦始皇了。"

月坠是居心叵测的妖，而凌让则是蜀山正统的道士，论对因果轮回的了解，世间再没有谁能比他们更精通。

尽管早有这样的预感，也早就做好了最坏的打算，但当真听

219

到了这样的结果，阿骊的情绪依旧十分激动，这一通咳嗽直到见了血，她方才将目光投向了我身旁的凌让。

此时她化身的玄蛾尽散，天空又恢复了先前的碧蓝如洗，可是阿骊的声音却有一种说不出的悲伤："可是，我终究还是想再见他一面，想知道今生今世是否过得安好。素卿，以往你师父裴墨最善八卦推演，你若也略懂一些，可否替我推算他如今的身份位置？不瞒你说，这些年我尝试过很多禁术想让他醒来，受到了很多反噬，已经活不长了……"

这世间之事，最难言的便是感情，而感情中最难跨过的，便是生死，无人可劝诫，更甚少有人能看开。但她既然是师父故友，无论如何，这个忙我都必须义不容辞地相帮。

只是推算出来的结果，却出乎了所有人的意料。

阿骊想要找的那个人，远在天边，近在眼前，竟赫然是凌让。

"不，不会吧……"凌让抬手抚额，似一点也不敢相信，"据我所知，秦始皇虽是千古一帝，却也是有名的暴君，当时世间因他而死之人不知几何。最关键的是，我并没有任何跟他有关的记忆。"

自结果出来之后，阿骊便一直看着凌让的脸很久很久，似乎努力想要从他身上寻找跟过去有关的痕迹。

此时她与凌让的距离隔得极近，她可以很清楚地从他眼底看见现在的自己，只是再也无法从他眼里看见任何跟她有关的情绪波动。

"以前我便听说过，凡人在轮回之前，会喝下孟婆汤，忘记生前的一切，不管再多么记忆深刻的东西，最终都会统统消失，不会留下任何的痕迹。"慢慢收回了眷恋不舍的目光，良久，阿骊方才再度轻声开口，"虽然你什么都忘记了，虽然你已经全然变成了另外一个人不记得前世，可我还是想在彻底离开人世前，将那些跟我们有关的记忆，全部说给你听。"

第二章
西周

　　扫地恐伤蝼蚁命，爱惜飞蛾纱罩灯。

　　出家人皆以慈悲为怀，也正是因为如此，玄蛾虽诞生于西方极乐世界，却并不如凡尘的飞蛾那般短命。且由于她出生之日开始，日日皆受到佛经佛语的洗礼，渐渐地便生了灵智，后又因缘巧合之下误食了佛祖坐前的供果，居然当即便修成了人形化为了妖。

　　但凡妖怪最渴望的便是修成正果，是以在能口吐人言的瞬间，她便万分恭敬地叩首在地，对端坐云端的佛祖恳切道："求佛祖收弟子为徒，弟子愿一心向善，从此皈依我佛。"

　　然而面容慈悲的佛祖却只是深深看了她一眼，便摇了摇头道："玄蛾，你现在六根未尽，尘缘未了，还需去凡尘历练，体会人生七苦，生、老、病、死、怨憎会、爱别离、求不得。若那之后你依旧想要一心向佛，我再收你为徒，而西天极乐世界也自会为你打开。"

西天的生灵大多都受过佛祖的恩惠，对佛祖极是崇敬，是以听闻佛祖的话之后，玄蛾当即便离开了西天去往了众妖聚集的妖界。

那会儿的妖界在裴墨的带领之下分外平和，虽然有些性子乖戾的妖怪会时常忽悠欺骗她，但除此之外，妖界便甚少再起过任何波澜，且因为妖族的寿命都格外漫长，她在妖界的一百多年里，甚至连一次死亡都没有看见过。

在妖界她体会不到佛祖所说的众生苦难，在跟着裴墨差不多将凡尘都初步了解透彻了之后，她便离开了这里去往了凡尘。

为了更好地了解尘世，她去过荒凉的塞外，也去过纸醉金迷的秦淮，见到过许多的生老病死，却依旧无法体会到世人的痛苦。

她不知道什么是饥饿，也不理解为何有人会为了一官半职残害至亲手足，更不理解为什么明知是输的战争，有很多的将领依旧坚持要战到最后一兵一卒。

凡间虽大，但因为喜爱光明的天性使然，玄蛾最喜欢的地方便是金碧辉煌时常笙歌曼舞燃灯直到天明的皇宫。

那会儿正值西周末年，周宣王死后，其子宫涅继位，是为周幽王。

一开始玄蛾才去皇宫的时候，年轻的周幽王还是一个荒淫无道喜好醉卧美人膝的帝王，可自从褒族人为了救他们的王，献上了艳若桃李的绝色美人褒姒之后，他便一心独宠褒姒，为她冷落了后宫所有美人。

周幽王对褒姒很好，但凡有奇珍异宝，他总是会第一时间捧到她面前，但凡有人胆敢置喙褒姒半句，不管那人官职多高身份多显赫，他也必取那人性命替褒姒出气。

　　可尽管他总是掏心掏肺地对褒姒，那个姑娘自入宫之后却始终未曾展露过一次笑颜。

　　为了博得美人一笑，幽王竟然悬赏求计，谁能引得褒姒一笑，赏金千两。这时，佞臣虢石父，替周幽王想了一个主意，提议用烽火台一试。

　　对于烽火台，玄蛾是知道的，烽火本是古代敌寇侵犯时的紧急军事报警信号。由国都到边镇要塞，沿途都遍设烽火台。西周为了防备犬戎的侵扰，在镐京附近的骊山一带修筑了二十多座烽火台，每隔几里地就是一座。一旦犬戎进袭，首先发现的哨兵立刻在台上点燃烽火，邻近烽火台也相继点火，向附近的诸侯报警。诸侯见了烽火，知道京城告急，天子有难，必须起兵勤王，赶来救驾。

　　可周幽王太渴望看到褒姒的笑容，竟然不顾群臣的反对，强行采纳了那佞臣的建议，带着褒姒登上了烽火台，命令守兵点燃了烽火。

　　冲天的巨焰几乎照亮了大半的黑夜，各方诸侯都紧急来救援，可最后却没有看到半个敌人，只看到他们誓死效忠的君王端坐高台饮酒作乐。

　　因为君王的荒唐，因为诸侯的劳命奔波，褒姒到底还是笑了。

　　那一笑，笑亮了君王的眼，也笑寒了诸侯的心。

昏庸的帝王以为褒姒喜欢看到诸侯奔波的情景，至此总是不定时地会带褒姒点燃烽火戏弄诸侯。

一开始诸侯们还会尽快赶来了，可随着被戏弄的次数多了，就算再忠诚的臣子也厌倦了这样的奔波。

也正是因为如此，最后当犬戎率军当真进攻大周的时候，不管周幽王让人点燃再多的篝火，也再没有一个诸侯率军赶来。

第三章
周亡

玄蛾在凡尘行走的时候，听过许多君王的传闻，论周幽王的昏庸程度，历数过往君王，应当只有殷商的纣王能与他一较高下。

西周亡了。

这对玄蛾而言一点也不意外。

许是在西天待的时间比较长的缘故，玄蛾能看到这世间很多人的气运。凡间的帝王身上都会有龙气，而她自见到周幽王的第一眼，就发现了他身上的龙气在日渐衰竭，迟早都会黯然熄灭。

可唯独让她没想到的是，这个素日只知晓醉生梦死，看上去一点担当都没有的君王，在生死关头没有携带任何的金银珠宝，甚至连传国玉玺也一并遗忘了，只唯独带着褒姒仓皇逃到了骊山。

面对气势汹汹而来的大军，一向高高在上的君王，生平第一次屈膝下跪。

他以额触地，以从未有过的卑微姿态颤声恳求道："事到如今皆是本王之过，吾死不足惜，但是褒姒实乃无辜妇孺，还请诸位手下留……"

只可惜，情字还未落音，便被精钢长剑穿胸而过。

握剑的手纤细如玉分外熟悉，正是过往无数日子与他十指相扣的那双。

他想过很多种死法，却从未想过，自己的生命有一天，居然会结束在自己最视若珍宝的女人手里。

在他为她不顾君王尊严下跪的时候，她却给了他最致命的一剑。

"阿姒……"他不敢置信地看她，眼中竟是绝望和伤痛。

这世间所有人都可以恨他、杀他，唯独她不能。

"昏君，该死。"

而褒姒只用了一句话，便结束了他的所有困惑质疑。

她从来没有忘记过，褒族的屈辱和百姓的苦难，她到他身边唯一的使命，便是冷眼看他败光自己的江山。

鲜红的血，浸湿了她的裙摆，也染红了她足下的土地。

自褒姒话音落下之后，也许是因为疼痛让他失去了言语的力气，也许是彻底意识到了心爱的姑娘对自己永远都只有痛恨，直到死去，玄蛾都没有听见周幽王再开口说过一个字。

在确认了他没有了任何的生命气息之后，所有人便离开了荒凉的骊山。

225

唯有玄蛾留了下来。

她不忍见周幽王暴尸荒野，便挖了坟冢将他埋葬。

诚然这个男人一点也算不上一个合格的君王，他这一生，愧对天下百姓，愧对列祖列宗，但是却从来不曾亏待过他最心爱的姑娘。

在他的眼里，褒姒凌驾于他的江山，凌驾于这世间所有一切之上。

玄蛾虽说是妖，化形却为女子。

而但凡女子，便很容易被那般深情所触动。

这里是周幽王的性命终结之地，她也想要试试看，能不能在这里遇到一个同样会视她如命的男人。

因此之后很多年，她都再没有从骊山离开。

另一方面，自周幽王死后，举国上下便彻底进入了一片乱世，诸侯割据混战，百姓民不聊生。

骊山之地因是周幽王的亡故之地，再加上地理位置比较偏远，就算玄蛾每天都会坐在骊山最高的树上日夜不停眺望远方，多年来也一直未曾看到过有人踏足此地。

然而就当她以为恐怕穷其一生她都不会在这里遇到任何人的时候，却在一个大雪纷飞的深冬之夜听到了凌乱的马蹄声。

山林的黑夜对普通凡人而言兴许寸步难行，可对于道行高深的玄蛾而言却与白天一般无二，是以当有人一踏足这片山林，玄蛾便立马闻声而至。

月淡星稀，冷风呼啸，大片的暴风雪几乎覆盖了所有可以行走的路。

浑身是血的少年使出浑身利器在雪地中拼了命地跑，但尽管如此，他身后骑马而来的大批黑甲士兵也依旧距离他越来越近。

回望了一下身后，少年眼底略过一丝慌乱，可尽管如此，他也依旧没有停止过逃离的脚步。

"只要翻过这座山，很快就可以到大秦地界了……"

每当快要倒下的时候，玄蛾便能听到少年一遍又一遍地对自己诉说，好像只要这样他便能再次平添无数的勇气。

玄蛾记得，当初在她准备离开妖界去往凡间的那会儿，好友裴墨曾无数次地对她说过，天道讲究因果定数，凡人的生死皆有天道制定衡量，不能轻易干预，否则陷入其中，甚难脱身，更甚至会赔上一生，尤其是天子帝王之事，远观热闹可以，但切忌绝不可与其有半点牵扯。

是以这些年她虽在凡尘行走，却始终不曾参与到凡尘中的任何事中去。

可许是因为孤单寂寞了那么多年后，第一次看到这般鲜活执着的少年，眼看着后面追兵的长枪就要贯穿他的身体，连带他身上原本气势磅礴的龙气越来越趋于暗淡。

玄蛾想到了那个同样在此地沉睡的君王，想到了他对褒姒至死不渝的感情，她心中微微一动，终是在最后关头双手迅速在胸前掐诀，用无数玄蛾分身将少年身后的追兵与他彻底隔绝。

227

时隔多年，两个同样身有帝王之气的男人，这让她觉得，她面前的少年便是她命中注定要等待的人。

　　那会的凡尘本来格外忌讳怪力乱神一说，只要有妖怪之类的出现，凡人或仓皇而逃，或群起而攻之。

　　玄蛾本来都已经做好了被那少年畏惧或者攻击的准备了，可谁知那少年在确认了自身的安全之后，做的第一件事便是整理自己的衣衫和略显凌乱的发髻，待到仪容没有那么狼狈，便走到玄蛾身边，对她深深作了一揖："请姑娘助我。"

　　彼时因为两人隔得极近的缘故，玄蛾略微一抬眼，便能看见少年那张好看到不可思议的脸。

　　白的肤，墨的发，清清冷冷的一个人，好似天边最干净的一缕月光。

　　"你不怕我？"但最让玄蛾惊讶的是，此时此刻少年的眼底居然没有半点惧怕，哪怕她在凡尘行走这么多年，却也无法看穿少年的任何所想，"你是人，我是妖，你难道就不担心，我留下你是想害你性命吗？"

　　听闻玄蛾的疑惑，少年慢条斯理地应道："首先，如果姑娘当真想害我性命，就根本不会替我阻拦那些追兵，可姑娘用的术法还并未伤害那些人的性命，这足以说明姑娘本性良善。其次，也正是因为姑娘是妖，我才想要姑娘助我一臂之力。因为人与人之间会因为利益而结盟，自然也会因为利益而消散，且如今我一无所有，但是处境却极是危险，根本没有人任何人愿意为我冒险。"

玄蛾本来就有心助他，但见少年如此气定悠闲的模样，却依旧好奇他的自信："既然你都说了现在的你一无所有，那你又凭什么认为我就一定会帮你？"

少年微微勾了勾唇角："姑娘想听直白一点的话，还是冠冕堂皇一些的话？"

玄蛾挑眉："两者之间有什么区别吗？"

"说直白一点，今日姑娘若助我达成所愿，他日我便能穷天下之力最大限度满足姑娘的一切愿望。"

"那冠冕堂皇的话呢？"

少年慢慢挺直了脊背，下巴轻扬，眸中的温润立马被凌厉所替代："说冠冕堂皇一些，自周幽王死后，世间已混乱了数百年，现如今最强大的诸侯国便是秦国，只可惜现在的秦国王室皆是一些只知醉生梦死的废物，秦国颓势已显。吾乃秦孝文王之孙，太子子楚之子，嬴政。我不是那些废物，若我回国，则定可助秦国蒸蒸日上，待到他日时机成熟，一统其他六国也并非不可。"

一统六国，在当世的其他人看来，这几乎是不可能完成的一件事，毕竟秦国虽然较其他国家而言强大一些，但却绝没有到一枝独秀的地步。

可不知为何，当少年如此说的时候，玄蛾下意识地便选择了相信。

诚然，她面前的少年兴许心思复杂深沉，可她却依旧想跟他一起去见证天下的一统，见证他所描述的所有辉煌未来。

是以，最终当少年依依向她伸出手，邀请她一起离开的时候，她亦毫不犹豫地将自己的手放在了他的掌心。

第四章
抉择

在遇到嬴政之前，玄蛾是没有名字的。

嬴政侧头看她："要融入人世，首先就必须要有凡人的名字，你有自己钟意的名字吗？"

见阿骊摇了摇头，他顿了顿，又道："你曾在骊山孤单等候了数百年，而我们又是在骊山相遇，不如便叫你阿骊如何？"

"阿骊，阿骊。"她喃喃念道着自己的名字，每重复一遍，便多一分喜欢。

就像幼鸟会对自己睁眼后第一眼看到的人产生极为亲昵的情感，而嬴政不仅是玄蛾在进入凡尘之后真正意义上接触的第一个人，且还是第一个赐予她名字之人，他于她而言便显得格外重要。

若说一开始她想跟着他只是因为他身上的龙气，想跟着他去见证新王朝的诞生，可自那之后，她便只是想单纯地跟着他在一起，不管去往什么地方，去做什么都好。

但因为当时她救下嬴政之时，并没有杀掉那些追兵以灭口，后来当那些人再度追来之际，便带来了许多道行高深的蜀山道士。

虽明知寡不敌众，可阿骊却始终将嬴政牢牢护在身后。

"我在，你在。"

她是这样对他承诺的。

而后，也是这样做的。

哪怕被那些琳琅满目的法宝伤到浑身是血，哪怕强行逃走的代价是会让元神受伤寿命骤减，终其一生道行都再无再进一步的可能，她也依旧坚定地拉着嬴政的手，直到彻底安全之后，方才慢慢松开。

翻过骊山之后，前路越发多了许多的危险和阻拦，几乎他们每前进一个城池，便会历经一场恶斗，很多时候阿骊身上的旧伤还未结疤，便又平添了许多惨不忍睹的新伤。

嬴政是在赵国都城邯郸出生的，他出生的那会儿他的父亲子楚还是赵国的人质，他母亲赵姬虽有美貌的容颜却并无半点城府。以至于后来有个十分会投机的商人吕不韦提出要救他父亲回国的时候，他父亲想也未想，便将他和母亲一并留在赵国。

毕竟妻儿虽然难得，但只要他回国之后，稳固了太子地位，还会有数之不尽的妻儿，可逃跑的机会却仅有一次，若带上赵姬和孩子，他在逃跑的过程中便会困难上许多许多。

生命与妻儿，他的父亲子楚毫不犹豫地选择了前者。

那种情况下，就算赵姬再傻也知道，一旦被赵国人发现子楚失踪，她和孩子肯定只有死路一条。

在那种情况下，他素来脑子不清明的母亲，难得开窍了一次，利用自己的美貌引诱了送柴的樵夫，藏在樵夫的车底有惊无险地逃

231

出了邯郸。

生死攸关之际，子楚和赵姬都忘记了他们的孩子，忘记了嬴政只是一个还未到志学之龄的少年，在他们眼里，他只是一个会拖累他们的存在。

也正是因为一而再三的被自己的至亲所抛弃，从那时起，嬴政便早已不相信这世间当真还会有真心真情的存在。

遇到阿骊的时候，他也只是想着利用这个妖怪的本领，一定可以平安回到秦国。给她取名字，偶尔对她说几句关怀的言语，做两件看似贴心之事，为的也不过是她更死心塌地地保护他。

可一次又一次，直到她自己伤到鲜血淋漓，都绝不让他受到半点伤害。纵使他原本再铁石心肠，也不由得开始为她心疼。

当他们快要抵达秦国都城的时候，看着阿骊还在流血的伤口，他生平第一次主动撕下了内里干净的衣衫笨拙地替她包扎伤口。

一圈又一圈的白布缠绕，直到伤口再也没有渗血，他方才抬眸看着她眼，用格外郑重的口吻缓缓开口道："阿骊，若有朝一日，我能君临天下，那时我会在我们相遇的骊山，给你建一座世间最美的宫殿，到时候你在我身旁，与我一起共享天下可好？"

明明少年的眉眼还透露着青涩的稚嫩，未来漫长，人事亦变，可只要他说，她便相信。

只是让他们都没想到的是，纵使嬴政已经回到秦国，具体实施起来，依旧很是艰难。

首先，他的父亲子楚虽是太子，却并不是他祖父秦孝文王最喜欢的一个儿子，而他和母亲赵姬也并不得子楚的宠爱，因为子楚一看见他们，便会想到那段屈辱的被囚禁时光。

再者，他年少时期便一直被困于赵国王宫，母亲又只是没有任何身份背景的舞姬，他回国之后，其他的王室兄弟都各自拥有了支持自己的勋贵势力，可他却在朝中寸步难行。

忠心耿耿的谋士看他陷入困局，便苦心建议道："公子为何不考虑与那些大人结为姻亲关系呢？"

姻亲，说好听点，是强强联手共结连理；说难听点，不过是勋贵之间用来加强自身身价的纯利益关系罢了。

嬴政血统纯正，把控局势的手腕极强，在朝中本来就有很多朝臣看好他，再加上他模样生得好，很多勋贵家的姑娘都心许于他，只要他答应联姻，招那些勋贵家的姑娘入府，他摇摇欲坠的地位不仅能迅速得到稳固，还能以最快速度壮大自己的力量。

有那么一瞬间，他脑中浮现过阿骊的脸。

可心爱的姑娘，跟辽阔的锦绣山河，这道选择题，周幽王毫不犹豫地选择了前者，可嬴政却只是指尖一顿，接着便迅速落笔圈出了数十个适合联姻的姑娘。

他为了回国，曾经舍弃过尊严和人性，之后为了巩固自己的地位，完成自己的宏大心愿，他连自己都可以舍弃，阿骊……自然也能一并舍弃。

第五章
看清

当府中开始张灯结彩做喜庆布置的时候，阿骊挽着嬴政的胳膊，甚是有些忐忑不安地问道："阿政，我记得你们凡间要成亲好像一定要有父母宗亲在场，可是我从诞生之际，便一直是孑然一人，要是没有亲族在的话，是不是我们的婚礼便不够完美了？那要不要我幻化一些分身作为我的家人来参加我们的成亲仪式，还是说……"

然而那些半是甜蜜半是忧愁的话还未曾说完，眉目更加英挺的少年却沉声开口道："阿骊，我要娶的是左丞相的女儿，不是你。"

阿骊有些不敢相信自己的耳朵，好半晌才愣愣地继续问："你说，你要娶的是谁？"

她以为是夜风太大，自己听错了答案，可下一刻，少年却毫不犹豫地用平静的口吻戳穿了她所有的自欺欺人："阿骊，除了左丞相的女儿，还有士大夫的妹妹、王太尉的孙女……我需要这些姑娘身后的势力。只要再等一段时间，等我地位稳固，等我执掌大权，等天下皆在我手，到时候，我会给你补上一场世间女子皆心生羡慕的婚礼。"

他需要那些姑娘背后所代表的势力，理智上阿骊可以理解，

YAO
YE
HUI
LANG

234

毕竟王室之间的利益联姻是再正常不过的事情了，但是感情上，她一千一万个不愿意让任何人插足在他们之间。

她扯着他的袖口，漂亮的杏眼已经开始泛红，她说："我不需要那样盛大的婚礼，我也不需要你一定要做出什么成就，只要我们在一起，只有我们两个人在一起，这样不好吗？"

如果可以，她真的只想要守在他身边，陪着他一起朝朝暮暮。

可是自从回国之后便一直对阿骊千依百顺的少年，却只是神色坚定地看着她，一字一顿道："阿骊，这是称王的必经过程，我需要那些权贵的帮助，现在的我们还没有资格选择自己想要的东西。"

就算此时此刻她已经明白了他的决意，却依旧还是执着地不肯放手，她想到多年前西周还未曾灭亡，还正年轻的周幽王遇到褒姒之后，便为她下令废掉了所有后宫。

她还记得当时他对褒姒说的话。

他说，如果一个男人当真对一个女人动心动情，他的眼里便再容不下第二个女子。

但如今，她那样喜欢的少年，却要娶其他的姑娘，原本只有他们两个人的家还会住进很多千娇百媚的女子。

"可是周幽王便可以为了褒姒，废尽所有的后宫，独宠她一人。"

听出了她声音里的哭腔，他抬手抚了抚她柔软的发："所以周幽王死了啊！他冷落了那些美人，疏远了她们身后的诸侯，为

235

了褒姒不惜愚弄天下人。阿骊，你也希望最后我会孤立无援地死去吗？"

见她不语，他顿了顿，又长长叹了口气："如果坐不上那个位置，成王败寇，那时他人登位，便是我的死期。"

阿骊舍不得他死。

所以纵使心如刀割，她还是接受了他的娶妻。

大抵这世间的每个姑娘在真正喜欢上一个人的时候，都会为了对方在不停地妥协和让步，那会儿阿骊唯一想的便是，只要他们还在一起，只要他心里唯一放在心上的是她，其他的一切，她都不在意了。

那会儿不管后院里面的姑娘有多少，嬴政闲暇世间陪伴最多的都是阿骊，也只有阿骊。

这般独宠自然便引起了很多姑娘的不满，于是趁着嬴政伴随祖父秦孝文王外出之际，那些女子便联手开始对付阿骊。

要解决这些姑娘对于阿骊而言并不困难，可是她担心的是，她的妖力太强，到时候万一伤到了她们，会给嬴政带来很多的麻烦。

所以面对那些女子的挑衅，阿骊大多时间都选择了沉默以对。

而她的隐忍并没有让她们收敛，反而让她们认定了她好欺负，那会儿阿骊其实已经有了怀孕的征兆，可是她没有母亲族人的教导，后院的大夫也都被那些勋贵家的女子牢牢掌控。

妖怪一旦怀孕，体内孕育了人子，身体状况便会变得与凡人无异。

也正是因为如此，当鲜血浸透了裙摆，嬴政带着御医匆匆赶回府中之时，她才知道自己究竟失去了什么。

她从与嬴政在一起开始，便一直期盼的孩子，却在他的父母第一次知晓他存在的时候，便永远再无法来到这个人世。

就算阿骊的脾气再温和，此时此刻都恨不得直接让那些女子付出血的代价。

可是嬴政却考虑到如今他在朝中的地位才刚稳固，还有很多需要那些女子家族的支持，是以他紧紧抱住了伤心欲绝的阿骊，一遍又一遍地在她耳边说："阿骊，为了我再忍上一段时间，日后你要怎么处理那些女子都可以。"

她若再强行挣扎，失控的妖气便会伤了他。

而她到底，还是舍不得伤他。

所以那天的最后，纵使胸口心如刀割，最终还是选择了作罢。

两人一夜未眠，她就任凭他将她死死抱在怀中，直到天边黑暗渐散，晨曦微露，她方才用极轻的语调，淡声道："我终于明白了。"

他下意识地反问："明白什么？"

她笑了笑，笑容似彻底看开，又似永远绝望。

她说："这世间只有一个周幽王，也只有一个褒姒。你不可能是他，我也永不可能是她。"

也直到那时，她才终于明白，她喜欢的少年啊，虽然跟周幽王一样都身负龙气，可是他却永远都不可能像周幽王爱褒姒一样

237

爱她。

周幽王的心里，褒姒就是他的一切，江山在他喜欢的姑娘面前，不堪一击。可是在嬴政的心里，阿骊只是他人生的很小一部分，与天下相比，阿骊从来都是最无关痛痒的存在。

第六章
终散

因为丧子之痛在两人中间横划了一道无法痊愈的鸿沟，之后任凭嬴政如何极尽所能地讨好，阿骊也始终不肯见他。

嬴政本就生性十分骄傲，加之他又刚继位，要忙着与朝臣商议一统六国之事，以至于后来两人见面的时间越来越少。

谋士说，为王者最好便是绝情绝爱。

他尝试过每晚都宠幸不同的美人，环肥燕瘦，秀外慧中，应有尽有。那些女子温顺而又听话，知晓如何讨好他，可午夜梦回之际，他脑中最清晰的，却依旧还是阿骊眉目如画的脸。

他还是忘不了她。

真正放在心上的姑娘，要想遗忘，除非心死身亡。

那是他花了很多年，才终于明白的道理。

也正是因为如此，当六国一统的那日，他下的第一道命令便是让人在骊山修建阿房宫和骊山墓。

阿房宫是他送给她的宫殿，汇聚了天下所有的珍宝，而骊山墓则是他们逝世以后，一起埋葬的地方。

他要兑现当年的承诺，生时与她共享繁华，死后与她永远相守相伴。

宫殿建成的那日，他高兴得像个孩子，他忘却了帝王之尊，抛弃了所有的骄傲矜持，让人打开了内院的门，拉着她的手，带她一路奔驰到了阿房宫外。

他指着那边气势恢宏的华美宫殿，十分开心地对她比画道："阿骊，你看，那就是我们以后的家。我们会在那里举行最盛大的婚礼，而那里永远都只有你一个女主人。"

阿骊看了看如今已经被庞大宫殿群所占据的骊山，又侧头看了看他身后那些面无人色的宫妃以及眉眼与他极为相似的皇子公主，良久，轻轻笑了笑："是吗？"

其实最开始的时候，在经历最痛苦的丧子之痛时，她还曾幻想过，只要他一直陪在她身边，迟早有一天当她渐渐将那些伤痛埋藏在心底，他们还会有新的孩子，还会有互相陪伴的未来。

可是他的耐心却仅维持了一月，那会儿她还未曾走出悲伤的阴霾，便听闻他又纳了许多的美人，他和那些姑娘夜夜笙歌，丝竹靡靡之音就连她这偏远的内殿都依旧清晰可闻。

她的孩子没有了，可是他和其他姑娘的孩子却接二连三地出生，王宫之内除了千娇百媚的宫妃，还多了许多小孩子嬉戏调皮的声音。

当初说好的一双人，说好的期盼他们共同的孩子，他对她说了那么多，可是几乎都没有什么办到过，所以如今当他再次温情脉脉地诉说那些缠绵的誓言时，她已经什么都不相信了。

看见阿骊唇边的笑，嬴政胸口便是狠狠一痛。

当他终于明白自己的心意，迫不及待地想要跟她永远在一起的时候，他心爱的姑娘，却已经对他彻底死心了。

他手握天下，坐拥繁华，喝着最香醇的酒，听着最美妙的歌，但是却依旧觉得身侧空荡，万分寂寞。

如今江山如画，他需要有他心爱的姑娘陪他一同共赏。

为了跟阿骊重新回到最相爱的当初，嬴政开始不惜一切代价地讨她欢欣。

阿骊说，大义无用，他便不顾所有朝臣和天下读书人的死谏，执意焚书坑儒。

阿骊说，喜欢铁甲兵勇，他穷天下之力，所有的铁器刀具什么的来建造秦始皇兵马俑。

他渐渐老去，而阿骊依旧年轻，他不害怕自己会死去，却害怕他死后，阿骊又会在这世间独自一人孤单寂寞，更害怕她会遇到更多更好的人，从此将他彻底遗忘。

曾经对神佛万分不屑一顾的他，开始四处求仙问道，服食各种味道呛人的苦涩丹药。

有时候被药的副作用折磨得夜不能寐时，他也会抚着阿骊柔软的发，一遍又一遍地对她说："阿骊，曾经我一直以为自己最渴望的便是这锦绣山河，可如今当这一切皆在我手，我才明白，原来很早以前被我弄丢的姑娘，才是我一生心系之所在。"

她抬眸看他，目光一片似水平静："那是因为，你现在觉得我并不像当初那般爱你。假如你没有得到你想要的一切，假如我现在还跟过去一样事事以你为主，试问，你当真就会如现在这般渴望与我一起吗？"

他原本还有许许多多的话想要对她说，可是，最终却还是慢慢咽下了所有的话。

在这个世间，再没有谁比阿骊更了解他。

他有多爱这片江山，阿骊便有多痛恨这片江山，因为她最爱的男人，总是为了这片江山，一而再、再而三地舍弃她。

是以当逐渐年迈的嬴政问她，扶苏和胡亥这两个孩子，她更属意谁为继承人的时候，她想也未想，便指向了胡亥。

诚然，优秀大气的扶苏无论从哪方面而言，都是最合适不过的继承人，可是愚蠢的胡亥，才能轻易败掉这片大好河山。

纵使眼睛已经逐渐看不清东西，但他作为帝王的直觉仍在，他知道扶苏和胡亥谁才是最好的选择，可是最终他却依旧听从了阿骊的话，选择了胡亥。

他说："阿骊，但凡你想要的，我都给你。此时此刻，对我而言，你是唯一最重要的存在。"

而阿骊回应他的，永远都只是毫无任何波澜的表情。

在他人生的最后阶段，他只想跟她在一起。

但也正是因为他一来年纪老迈不再有心力去管朝局，二来继承人又是选定了胸无点墨的胡亥，大秦原本就已经岌岌可危的政权索性更快速度地走向了崩塌。

暴乱起的那会儿，他的生命也快要走到了尽头。

乱世起，秦王宫又妖气冲天，以天下苍生为己任的蜀山道士们便以最快的速度赶到了皇宫。

那会儿阿骊其实早已将生死看淡，她觉得是自己造的孽，就应该自己来偿还。这个国家之所以变成现在乌烟瘴气的局面，与她在背后的推波助澜少不了关系。

当蜀山道士们的长剑袭来之际，她就只是静静地站在原地不闪不避。

然而已经双鬓斑白，平日里连行走都略显艰难的嬴政，却在那一刻，用他所有的力量支撑自己跑到了她身前。

他伸开双臂拥抱了她，用自己的身体替她挡住了迎面而来的所有长剑。

鲜血蜿蜒流淌，触目惊心，可他却好似没有任何感觉那般，只是用最后的力气抚了抚她的发，对她喃喃道了一句："阿骊，如果当初我们的孩子还在，那该有多好啊……"

那时候大秦不会是现在的局面，他和她也依旧相亲相爱。

那样，该有多好啊。

只可惜，年轻气盛的时候，谁也无法意料到，以后的未来会是这般物是人非的模样。

尾声

嬴政死了。

他用自己的死亡完成了赎罪。

也用自己的死亡弥补了当初不离不弃的誓言。

阿骊终于相信了，他的喜欢，他的真心。

可是任凭她如何呼唤，那个已经面容苍老的男子，都再也不能睁开眼了。

为了让嬴政的尸身最大程度地保持完好，这些年她不惜一直消耗自己的元神之力，眼下已俨然要到油尽灯枯的边缘了。

而她之所以苦苦坚持，全然是因为她还想再见他最后一面。

如今虽然她面前的凌让跟过去的嬴政全然没有半点相似，可看着少年鲜活的容颜，她便觉得此生再无遗憾。

他不再记得她，他不再是那个高高在上的帝王，他走上了与过去截然不同的人生，可只要知晓他过得很好，便是她生命最后得知的最开心的消息。

在生命的最后，阿骊将嬴政的尸身从得以让时间静止的储物戒指里面释放了出来，然后，一把大火，将她和恍若熟睡的嬴政一并点燃。

"凌让，这辈子一定要快乐。"

那是她留在这世间的最后一句话。

然后，天地之间除了大火在静静燃烧之外，再无任何声息。

我原本打算待到大火焚烧殆尽，便将阿骊和嬴政的尸身一并埋葬，谁知下一刻，火焰处的位置便突然裂开了一个巨大的黑洞，紧接着身着大红色锦袍，面容妖娆绝美如罂粟的男子便从中步步生莲地走了出来。

"果然，跟裴墨那厮有过关系的妖怪，都不怎么靠得住啊。"他轻声叹道，虽口吻惋惜，眸底却没有任何的情绪起伏。

"月坠！"我瞳孔一缩，下意识地便想掐诀防备，而凌让亦同样打算拔剑攻击。

只可惜我们还未来得及将一切做到位，月坠便用极其强烈的妖气，将我与凌让一并困住。

他走到我身边，摸了摸我的脸颊，笑吟吟地道："既然你那么想要回妖界，那么想要知道裴墨的现状，那我现在就带你回去可好？"

巨大的黑洞在他的身后铺展开来，紧接着我眼前一黑，便彻底失去了所有的意识。

最终卷
《睚眦》

世间无常，国土危脆，四大
苦空，五阴无我生灭变异，
虚伪无主，心是恶源，形为
罪薮。你若不在，三千世
界，皆为无边地狱。

楔子

再次醒来的时候，天空已经从凡间的蓝色变成了妖界的暗红色，四周皆是不断沸腾的岩浆，而地心最热处有数道火龙将一个面容俊美的男子团团围绕，一刻不停地喷出最炽热的火焰让他痛不欲生，就算不走近也能清楚看见眼下他的四肢跟琵琶骨都被困妖索直接贯穿。

那熟悉的眉眼、熟悉的妖气，都曾在我的脑中被勾画过无数次。

裴墨，我最敬爱的师父。

时隔多年，我终于再一次见到他了。

我几乎下意识地便想疾步上前去替他解开那些痛苦的束缚，可当我想要挪动的时候，却发现自己正被月坠禁锢在怀中，周身还被他的妖气牢牢束缚着，别说动弹，就连说话怒骂都是不能够的，而一旁的地上还躺着同样无法动弹无法言语只能对其怒目而视的凌让。

见我们都睁开了眼，月坠唇边的笑意越发粲然，他伸手替我理了理鬓边微乱的发，而后便抬眸目光冷冷地看着裴墨道："老东西，别装死了！你曾经不是日思夜想地挂念着素卿吗？现在我带她来见你了，你怎么又没有胆子睁开眼与她相认了？还是说，你现在十分害怕我已经将所有事情的真相告知了她，怕从她的眼里看到对你的仇恨？"

彼时因为月坠已经抱着我凌空飞到了裴墨身旁的缘故，我能十分清楚地看到，当月坠话音一落之后，裴墨纤长若翎的睫毛微微颤了颤。

哪怕此时此刻这周遭的热度已经逼近快要将人融化，可随着月坠话音的继续，我的心也一点一点地沉了下去。

也直到那时，我才终于知晓，这妖界陷入巨乱的真正源头，原来竟是因为我！

第一章
年兽

月坠说，他与孟疏一样，在堕落成妖之前，都是天界极其位高权重之神，只是与孟疏的天生妖生所不同的是，他生而为神。

龙生九子，子子不同。

而月坠正是排行第二的睚眦，三界赫赫有名的战神之一。虎身龙首，性格刚烈，好勇擅斗，嗜杀好战，总是嘴衔宝剑，怒目而视，常被雕饰在刀柄剑鞘上以增加自身的强大威力。

那会儿神魔二界混战不堪，但凡两界开战，实力十分强大的睚眦便总是功勋积累最多的一个。

然而战争年代，他的嗜血好杀只会被他人视为心生敬畏的纯粹强大，可后来战争结束，知晓月坠实力的诸神，开始对月坠很是忌惮。

其实无论神魔还是凡人，骨子里对于平庸无甚棱角的人都能十分轻易地接受，但对于自身实力凌驾于所有人之上，且天生桀骜无法百分之百掌控之人，便会变得十分畏惧。

木秀于林，风必摧之。

面对睚眦太过出众的强大，纵使是龙神自己都难以安心，更别提其他的诸天神佛。

是以当战争彻底结束，天界论功行赏之际，他的父亲听信谗言，以为他嗜杀成性，包藏祸心，于是让他饮下了掺有秘药的酒瞬间失去所有的力气，废去了他的千年道行，软禁起来闭门思过。

虽说彼时他已经无法动弹半分，可是那些进谏谗言，畏惧他强大的神族却依旧不肯罢休，几番私下商议，最后决定以莫须有的罪名将他合力先行丢入凶兽遍地，至今未有人走出过的蛮荒。待到龙神知晓，已为时晚矣，回天乏力。

月坠从来就不是脆弱之人，他人越是想要他的性命，他便越是不让他人如愿。

他想要活着，唯有活下去，才能向那些自私残忍的神讨回一个公道。

他已经没有了半点道行，要想在危险遍布的蛮荒活下去几乎是不可能的一件事，但幸好他因为常年替天界出征魔界，接触过许许多多的魔界俘虏，有些魔族为了活下去曾告诉过他许多的禁术。其中有一种便是以燃烧寿命来换取修为，寿命一次性祭献得越多，其交换的修为也就越强。

在后来的凡人眼里，神似乎天生便是寿与天齐的存在，而实际上神的寿命都是有限的，只是相对于世间的其他物种而言漫长了许多许多。越强大的神可以存活的寿命时间便越长，相反，越弱的神生命便越为短暂，这也是为何诸天神佛就算高居三十三重天阙，也一直在拼命修炼的真正原因。

若非当真对这世间心生绝望，没有人会嫌弃自己存活的时间漫长。

曾经月坠还以为待到三界重归和平的那日，便可以在以后的日子去自己喜欢的地方，过无忧无虑的生活。

但眼下，为了活着走出蛮荒，他只得一次又一次选择燃烧自己的生命。

蛮荒无日夜之分，终年都笼罩在一片黑暗之中，不知道杀了多少蛮荒凶兽，也不知道走了多久多远的路，只是当他再也无法维持人形，原本高耸入云的原身体型也缩小到一头青牛大小的时候，他才终于穿过蛮荒走到了与凡尘交界的边缘。

只是他当时伤势太过严重，甚至连最简单的言语交流都显得十分困难，就算他费尽全力最终也只能发出“年”这一个单音节的字。

因为过往为神的缘故，月坠一直都记得，要与人为善要爱护天下苍生，他靠近凡人只是想向他们寻求帮助。可由于当时他是兽形，浑身上下也都布满了十分恐怖的伤口，看上去分外让人害怕。但凡遇上他的凡人皆把他当作妖怪，想尽一切办法驱逐。

他伤势甚重，几乎要休息整整一年，才会有一点力气外出觅食寻药，可凡人一看见他便会点燃爆竹驱赶他，他走遍了大江南北，都没有寻到任何一个可以帮助他的人。

身上的伤势在不断恶化，心中的怨气也在逐日逐年地增加，当他以为自己终将会在偏僻荒凉的深山彻底死去的时候，他遇到一个衣衫褴褛看上去十分稚嫩的小姑娘。

小姑娘名唤素卿，是山脚下那个小村庄里的村民。当时，她父母皆已亡故，靠跟着旁支的亲戚过活，可是那家人心肠歹毒，时常折磨虐待她。眼下明明正值大雪纷飞的隆冬时节，她却被亲戚们支使到深山来寻找鲜果，若是没有寻到，回家等待她的便只会是一顿毒打。

但尽管如此，素卿依旧没有变得如亲戚们一般不堪，不管遭受了多少恶意残忍的对待，她内心也依旧柔软善良。

在发现月坠躺在雪堆中奄奄一息的时候，她并没有像其他凡人一样害怕他伤害他。她看出了他眼底的绝望，看清了他身上惨不忍睹的伤口，随后先是去寻了一些疗伤的药草替他包裹伤口，接着还将自己唯一的一个馒头掰成小块递到了他嘴边。

其实凡间的五谷杂粮对他而言根本就没有任何的效果，可是这么多年来难得被人温柔相待，他根本就舍不得拒绝素卿对他的好。

第二章
人祸

深山中有许多猎人布下的陷阱,素卿担心月坠会误入那些陷阱中受伤,每每在离开之时都会抚着他头上的鬃毛,温柔地对他说话,让他不要随意挪动位置,以免她带药来替他疗伤的时候,山中那样大,她会寻不到他。

彼时素卿每日都被亲戚们安排了十分繁重的农活,可不管忙到多晚,她也一定会坚持寻找草药来替月坠治疗伤势,还会把自己那些少得可怜的食物分一大半给他。

若是以前,他依旧是天界高高在上的龙神之子时,自有无数貌美如花的姑娘不遗余力地讨好他,但眼下他只是一头奄奄一息的兽,未来生死未知,她在他身上就算投注再多的心血也不一定会有回报。

可尽管如此,素卿依旧坚持着日复一日地来看他,年复一年地替他寻药疗伤。

因为缺衣少食的缘故,素卿面黄肌瘦,就算在同龄孩子居多的村中她也是被嘲笑欺辱的对象。

一人一兽同样的无依无靠,她害怕与人接触,却愿意将自己的心事都说给月坠听。在她的眼里,外形恐怖但从未伤害过她半分的兽,远远比外表端正但内心复杂的人要可亲许多。

随着相处的时间越来越多，素卿在慢慢长大，可唯一不变的却是她依旧把月坠当作她唯一的好朋友，所有的喜怒哀乐她都会跟他一起分享。

有时候若亲戚们对她的看管没有那么严格，山间又月色正好，她也会一边替月坠梳理凌乱的鬃毛，一边对他絮絮地说一些关于未来的想象。

"等到你身上的伤势彻底痊愈的那日，我们就一起离开这里好不好？去一处土地肥沃的地方，自给自足，不用再饿肚子，也不用再受任何人欺负，就只有你和我，相依为命，相伴老去。"

月坠说不出话，只是轻轻舔了舔她的掌心。

这么多年的朝夕相处，这么多年的温柔相待，早已让他在心底做了决定，就算此生再无法彻底恢复，只要她想要离开这里，不管什么时候，去往什么地方，他一定会跟她一起。只要他能行动如常，他便一定会护着她，再不会让她受任何人的欺负。

只可惜，他还未来得及痊愈，事情便往最坏的方向发展了。

时年天下大旱，百姓的粮食几乎都颗粒无收，为了活命，人们开始进山屠兽，以飞禽走兽为食。

尽管素卿已经很是小心地让月坠往深山里躲藏，可因为村民进山都带着猎狗的缘故，最终还是被他们发现了月坠的所在。

凡尘的药草对月坠的伤势疗效起色并不大，但奈何多年来素卿一直每日不断地寻药草替他疗伤，如此精心照料之下，他的体型便从最开始的青牛大小变成了一幢小房子般。

虽说比他巅峰时期的体型不知小上了多少，但落入饿红了眼的村民眼里，他这样的兽足够村民吃上好些时候，更何况他身上依旧还有着分外明显的伤，此时此刻便是最好的动手时机。

因为月坠外表看上去太过恐怖狰狞，一时之间村民都犹豫着不敢上前，眼见他对身旁的素卿十分友善，便有村民提议，让素卿先安抚好月坠，然后将他诱进陷阱之中直接猎杀。

素日里对于村民的要求，素卿几乎从来不会拒绝，对于施加于自身的苦难折磨，她很早便学会了习惯和不去在意。

可是，她却唯独无法忍受他们要对月坠出手。

为了保护月坠，一直逆来顺受的小姑娘，生平第一次鼓起勇气拒绝了村民们的要求。

她紧紧握住一根粗壮的木棍，坚定不移地站在了月坠身旁，用最坚决的姿态表明了自己一定要和月坠共进退。

从未提出过质疑反抗的人，一旦没有一如往常地如人所愿，就尤为让习惯了顺从他们的人恼羞成怒。

是以见素卿并没有听从自己的话，村民们立马便决定对她和月坠强行发动攻击。

那时候的素卿不过是一个刚到及笄之年的小姑娘，而他亦身上重伤无法还击动弹，而自离开了蛮荒之后，一旦动用秘术，便势必会被天界察觉，这也是为何这么多年他处处被人欺辱驱逐，也始终未曾还击半分的真正原因。

被天界察觉，便意味着往后的日子他再也不能悄无声息地养伤，也意味着从此以后的日子将会多上许许多多的危险。

他的寿命，已经不算太长了，原本他是打算，不管自己遇到什么样的情况，都要咬牙硬撑过去。

可眼下当素卿就快要被那些村民的武器伤到的时候，他却再一次选择燃烧了自己的生命。

什么麻烦和危险，跟素卿的安危相比，都统统变得不重要了。

第三章
逃亡

神的力量，就算仅是很微弱的一点，也让所有在场想要攻击他们的村民都陷入了重伤昏迷。

随后月坠不顾身上的剧痛，示意素卿坐到他背上，便开始带着她疯狂地向更偏僻隐秘的地方逃离。

可因为强行动用了力量的缘故，原本就对凡间格外关注的天界，立马便察觉了此处的异动，随即也发现了他并没有在蛮荒死去，而是已经逃出生天的事实，于是直接派出了天兵天将对他进行全程追杀。

从魔族那里换来的秘术，除了消耗自己的生命，还有一个格外严重的后果，便是每动用一次秘术，他便会离堕落成妖更近上一分。

而神一旦堕落成妖，便意味着永生永世都再无重新为神的可能。

　　只是若他不动用秘术，那最终他和素卿两人恐怕都难逃一死。

　　自幼时第一次手握长枪进入魔族战场的时候，他便早已将生死置之度外，他之前努力拼杀，为的便是让父王骄傲，为了让诸神认可他的存在。纵使自身力量再强大，他也从未想过要做任何对天界不利的事情。

　　就算后来被费尽道行丢入蛮荒，他也只是一开始闪过想要报复的念头，后来想到战争终会让生灵涂炭，还是彻底打消了。

　　他生而为神，却再也不能动用神的力量，他是龙神之子，是九重天阙最名正言顺的主人，但是此生此世都永无重返天界的可能。

　　他已一无所有，就算后来逃出了蛮荒到达了凡间，多年来也不过是苟延残喘罢了。

　　在此之前，活着还是死去，对他来说，意义真的不大。

　　可这一刻，面对天兵天将的包围，当他侧头看着那个明显害怕得瑟瑟发抖，却始终不肯离开他半步的小姑娘，月坠再一次重新燃起了一定要活下去的决心。

　　他要活下去，带着那个一心维护他的小姑娘一起活下去。

　　素卿身上沾满了月坠受伤的血，可因为天界对月坠的印象实在太差，便不顾素卿的解释执意认为是月坠将她当作了人质，更加坚定了对月坠杀无赦的决心。

　　就好像当初，他明明屠杀那些魔族只是为了让自己的战友多一些存活下去的机会，可最后有嫉妒他战功的人四处造谣说他是嗜杀成性，说得多了，口口相传的人多了，大家就已经给他扣上了"嗜血好杀"的恶名。

他花了很多年的时间才明白，人最无力改变除了过去，便是他人先入为主的印象。

明白解释无用，为了带素卿平安逃离天兵天将的包围，月坠终究还是选择了再次动用秘术。

只是，以燃烧五百年性命为代价的秘术，不仅让他们成功摆脱了天兵天将的追杀，也让月坠彻底堕落成妖。

天界他早已回不去，凡尘又只会遇到源源不断的追杀，是以月坠思虑良久，最终决定带素卿进入天人两界都不冲突的妖界。

第四章
妖界

月坠原本力量就十分强大，彻底堕落成妖后，妖气几乎撼动了云霄。

也正是因为如此，他才刚刚带着素卿进入妖界，便在妖界引起了极大的震动，各方妖族都纷纷前往他们所在的位置查探究竟。

那时候月坠已是伤上加伤，只是堕落成妖之后跟神有所不同的是，神受伤无法保持人形，而妖则与神相反，妖都是人形状态最为脆弱。

以至于素卿再次睁开眼的时候，看到的便是已为人形的月坠。

他将一切的过往都告知于她。

最后，他抚着她的发，艰难咳嗽道："现在我伤势未愈，在妖界恐怕不能很好地照顾你，一会儿我可以用最后的力量送你回人间，至少在那里你不会遇到这样多的危险。"

其实早在月坠动用力量重伤那些村民的时候，她便知道他的身份肯定不凡，只不过在她看来，他是兽也好，是妖也罢，只要他还是他，一切便没有什么不同。

所以看见月坠的人形之后，她并没有任何的害怕，只是对于他的提议，她想也未想便摇头拒绝了。

"我走了，那你怎么办？"素卿抬眸，定定看他，"在凡尘我没有家，也没有任何在意我的人，眼下这世间唯一对我好的人就在这里，他在什么地方，我就在什么地方。"

素卿看似柔弱好说话，但实际上也倔强，只要她骨子里认定的东西，就再不会更改。就好像当初她决定了要救他，就执着坚持了那么多年。

如今她既然已经决定要和他一起留在妖界，就意味着就算他将她送离妖界，这个死心眼儿的姑娘也一定会再找其他的方法回来寻他。

思及至此，那天的最后，月坠到底还是答应了素卿留下。

只是他身上的伤要用很珍贵的药草来治疗，可那些药草都长在对凡人来说十分危险的悬崖峭壁之上。

彼时因为妖界之主裴墨严厉禁止妖怪进入凡间，更绝对不允许妖怪们伤人，违者将要受到极其惨烈的惩处。

也正是因为如此，当身为凡人的素卿进入妖界之后，许多嗜血的妖怪都对其分外眼馋。且不管他们藏身的地方有多么隐秘，那些嗅觉灵敏的妖怪也总是能第一时间寻找到他们的所在。

起初素卿对那些一看见她便眼放绿光的妖怪十分惧怕，可后来为了不让月坠日夜痛苦，原本无比胆小的姑娘竟主动寻到了那些一直在她周围徘徊的妖怪，以自身鲜血为代价，一次又一次向那些妖怪交换可供月坠疗伤的药草。

看着那些她用鲜血换来的药草，原本受再重的伤都一直沉默隐忍的少年，终是忍不住红了眼眶。

直到强行将眼底的泪意压了下去，他才语带颤抖地开口问她："为什么要对我那么好？"

素卿一边替他包扎伤口，一边清清浅浅地笑道："当初你明明可以丢下我逃走，可你却选择了一直将我带在身边。其实从很早的时候起，我就把你当作了我的家人，那时候你没有丢下我，之后我永远都不可能丢下你。"

他想，他这一生诚然历经了诸多坎坷，可最终他与素卿这样好的姑娘相遇了，那在此之前的所有苦难折磨，统统都有了存在的意义。

在服下那些药草之后，待到手足恢复了一些知觉，他伸手将素卿小心翼翼地揽入了怀中，轻声对她道："我听说在凡尘，如果有男女打算终生厮守在一起，便会挑一个良辰吉日成亲。待到我伤好之后，我们便成亲吧，从今往后，我们生死不弃，我只属于你，你亦独属于我。"

因着以前对人性太过失望，素卿从未想过自己有朝一日会跟谁成亲，可如果对象是从小与她相伴至今的月坠，她想也未想便点了头。

她不需要盛大的婚礼，也不需要他人的祝福，如果可以她当真是想一辈子都永远陪在月坠的身边。

可是妖界群妖众多，妖气甚强，普通的凡人在这里停留的时间过长都会感到分外不适，更何况素卿本来身体就弱，之后又为了替月坠换药草，每天都在不停消耗自己体内的鲜血。

当他一天天好起来的时候，她却一天天地迅速衰竭。

月坠一开始并未发现素卿的衰弱，只因每次她交换了药草回去给月坠的时候，她都会拜托那些妖怪用术法帮她遮掩。

直到后来月坠的伤势恢复过半，已经能看穿妖怪们拙劣的伪装术时，他这才发现，他最心爱的姑娘，居然已经衰竭到了他难以想象的地步。

别的姑娘十七八岁芳华正好，可是素卿的双鬓却已经有了斑白的迹象。

就算他在发现的时候及时制止了她跟那些妖怪的继续交易，可是素卿的生命也依旧有了油尽灯枯之兆。

她已经活不长了。

替她把完脉之后，月坠的手不住地颤抖，好半天，他才从喉咙里艰难地挤出声音："阿卿，无论如何，我都一定会让你好起来的。"

对于自己身体的状况，素卿再清楚不过了。

天界容不下他，凡间又有蜀山道士的守候，妖族不得擅入，而妖界，他有没有任何的族人亲人。她不怕死，可是却唯独害怕，从今往后她喜欢的少年，恐怕又会陷入长久的孤单。

而得知她的担忧，月坠却只是固执地摇了摇头道："我不要什么族人，我只要有你便已经足够了。"

可任凭月坠寻遍了妖界的各种仙草灵药，生死簿上素卿的寿命已经走到了尽头，他终究还是未能留住她的姓名。

在一月之后的良辰吉日，他们决定成亲的前一晚，她便在他的怀里永远地闭上了眼睛。

任凭他如何撕心裂肺地呼唤她的名字，她也再不曾回应过半分。

第五章
妖主

月坠记得，曾经有人对他说过一句话，身处黑暗之人永远不会害怕黑暗，可一旦他拥抱过光明，便永远再不愿重归黑暗之中。

就好像他之前看淡生死，对世间的一切都毫无眷恋，可因为遇到了素卿，他们刻骨铭心地相爱了，他们曾相依相偎过那样漫长的岁月，他便再也无法接受她的逝去。

没有她的人生，对他而言与死水无甚区别。

彼时在妖界最强大的人便是妖界之主裴墨，月坠素来心高气傲本来终其一生都不想与其有任何交集，可眼下为了素卿他放下了所有的骄傲和矜持。

他寻到了裴墨，屈膝下跪，愿以永生臣服为代价，请求这个道行高深莫测的妖界之主出手救素卿一命。

在去找裴墨之前，他本来想过许多恳求说服之语，他甚至已经想过不管裴墨提出的条件有多么苛刻，他都会不惜一切地替裴墨办到。但让月坠没有想到的是，裴墨只定定看了素卿一会儿，便直接爽快地应下了。

当时他以为裴墨是如众人所说的那般慈悲为怀，可后来他才知晓，裴墨之所以那样干脆地答应，不过是因为素卿的命格十分适合承载另一个灵魂——白曦。

其实裴墨也并非从诞生便是妖王，在很久之前，女娲娘娘还在的时候，他与孟疏同为女娲坐下的神兽。但与孟疏贪玩调皮的性子不同，他做事素来慎重稳妥深受女娲娘娘看重，再加上外表又长得极是清雅无双，当时的三十三重天阙遍地都是暧昧他的仙娥神女。

而这些爱慕者中，尤其是他的师妹，同为女娲坐下神兽的白曦最甚。

他去哪儿，白曦便跟到哪儿，他喜欢什么，白曦便跟着他喜欢什么，甚至连他去危险重重的魔族战场，她也依旧会穿上盔甲提着长剑二话不说地随他出征，她喜欢他几乎到了尽人皆知的地步。

但许是对于太唾手可得的东西，世人皆不会知晓珍惜，当时的裴墨并不知道那样的感情有多难得，更不屑于去接受她的感情。

与天界许多生而为神的神族不同，裴墨一开始在跟随女娲娘娘之前，乃是妖兽出身。尽管后来他凭借自身的努力以及女娲娘娘的力荐，最终得以在天界封神。可是飞升之神，没有强大的神族作为依靠，在天界不管是行事还是求存，都分外困难。

他想，唯有修炼更高深的道术，才能升至更高的位置，才能被诸天神佛真心实意地接受。

恰逢神魔两界时常起干戈，为了累积功勋尽早升任上神，但凡前方战事有需要，裴墨总是会第一时间请求挂帅出征。

一开始他安排作战策略，总是十分谨慎小心，但后来随着他胜利的次数越来越多，在天界的声名越发水涨船高，对于敌人难免就多了几分轻视。

也正是因为如此，当天界又一次将一场最为关键的战役交予他的时候，他因为没有听从手下将士和白曦的劝阻，低估了对方，执意在敌军溃败的时候命大军全力进攻，从而导致将士们伤亡十分惨重。

若不是白曦的拼死相救，他可能会跟那无数将士一起命丧黄泉。

他活了下来，这就意味着他千万年来苦心经营的声誉将会一扫而空，三十三重天阙最高的位置也将永远对他关闭。

他这一生，最害怕的并不是死亡，而是诸天神佛的抱怨和轻看。

颜面，凌驾于他的性命之上。

他想要在途经九重天的时候看见诸神的敬畏而不是漠视，他想要在天界树立威信，这些几乎成了执念。

白曦是那样喜欢他、了解他，是以见他被揪出来之后并没有展露一丝笑容，就明白了他的担忧。

作为同样随军的白曦一点也没有埋怨裴墨，她只是一边小心翼翼地替他处理伤口，一边柔声对他道："阿墨，有我在，我不会让任何人看轻你的。"

第六章
谎言

白曦那时候本来只差一步就可以顺利升任上神，可是为了裴墨，她却毫不犹豫地将那场重大的战略失误咬牙扛了下来。

千万年积累的功勋瞬间化为乌有，各大神族的鄙夷埋怨，以及诛神台上原本应该由他承受的天雷轰顶之刑，这一切的一切，都由白曦替他受了。

当刑罚结束，众神渐散，看着诛神台上浑身是血奄奄一息的少女，他心中第一次浮现出一种名叫内疚的情绪。

可也仅仅是如此而已。

大道无情，他要变得更强，站得更高，被神族彻底接受，就不能有任何的差池。

所以当发现自己对白曤的情绪开始与往日有所不同时，他决定用最决绝的方式，将这样的异样连根拔起。

当白曤在洞府休养百年伤好的那一日，裴墨便对她说："昔年我在与魔族的那一战中，神魂受了很重的伤，以至于现在与人斗法时依旧有些力不从心。"

白曤心中一紧，下意识地便脱口而出道："我们在天界被划分到战神一脉，所谓战神皆要以守卫天下苍生为己任，非死不得停止战斗。阿墨，要不我们去问问药王吧，看他对于你的伤势有何看法……"

她很担心，若当年的伤势对他真的有那么大的影响，那以后若是遇到更凶险的战斗，便是九死一生的危险。

裴墨将她的情绪不动声色地收进眼底，面上神情却越发黯然："我已经去过药王处了，他说如今之计，唯有去红莲地狱，寻到红莲业火中诞生的火莲子，我的伤势方有痊愈的可能。"

红莲地狱，是三千世界最危险的地方之一，传闻一般的神祇只要一靠近，稍不注意便会身形俱灭，就算道行高深的上神，也一直对那地方避而远之。

可为了让裴墨痊愈，为了她的心上人在往后的出生入死中多几分全身而退的把握，白曤紧了紧双拳，郑重道："阿墨，你在天界等我，我一定会将火莲子给你带回来的。"

没有人能活着从红莲地狱回来。

想到这一点，为了能让面前的傻姑娘不改去红莲地狱的初衷，裴墨伸手轻轻抚了抚她鸦羽般的发："小白，待到你从红莲地狱归来，待到我伤好，待到神魔两界的战事彻底结束，那时候我便娶你为妻好不好？"

那一刻，她好似觉得整个世界都瞬间亮了起来。

她一直以为，只要她坚定不移地对他好，总有一天，他也会愿意伸手握住她的手，那时候有了心爱之人的回应，她的单相思终将会变成两个人的爱情，他们会永远在一起，直到时间永恒的尽头。

可让白曦没有想到的是，当她冒着神魂被融化，寿命减少了将近九成的危险，将火莲子完好无损地从红莲地狱带回来时，裴墨却压根不愿意兑现他曾经许下的诺言。

她回来的时候，裴墨恰好在府中宴客，来来往往的俱是一些三十三重天阙有名的神族，见她带着火莲子回来，皆满脸震惊。

为了尽早能将火莲子带回来，她连身上的伤势都未来得及处理，身上皆是看守红莲地狱的妖魔重伤的痕迹，几乎每走一步，地上便会留下一道重重的血痕。

然而尽管如此，她却好似感觉不到疼痛一般，只是满心欢喜地走向了裴墨，摊开手心，将火莲子珍重万分地捧到了他面前，依依对他道："阿墨，我替你找到了火莲子，等你伤好，我们就又可以并肩作战，待到战事结束，我们就可以一直在一起，再也不用分开了。"

她活着回来了。

她一如既往地信任他。

她身上遍是惨不忍睹的伤，可她满心所想却只是他随口胡诌的伤势。

有那么一瞬间，裴墨胸口好似被利剑戳中一般，疼得撕心裂肺。

可下一刻，当他抬眸，听见了诸神的窃窃私语，看到了他们眼里意味深长的探究，他便强行将那异样的情绪压了下去。

他是裴墨，是女娲娘娘坐下排行之首的神兽之王，是战神殿中最前途无量的战神，他费了好大的力气才改变了一些神族对他的不满看法，他不能，也不可以就这样被儿女私情所拖累。

他不敢看她的眼睛，默了良久，方才攥紧了双拳，用平静如水的声音开口道："白曦姑娘怕是记错了，在下根本就没有说过自己受伤，更未曾要求过姑娘去寻什么火莲子，自然也不可能对姑娘许下缠绵悱恻的承诺。我心向道，还请姑娘放过自己，也放过在下。"

白曦喜欢裴墨，是诸天神佛都知晓的事，她曾经一厢情愿地苦苦痴缠了裴墨那么多年，为他做了那么多事，如今会自己去寻火莲子讨裴墨的欢心，在他人看来是极为理所当然的一件事。

只此一句，诸神便收回了深究的目光，纷纷起身告辞。

而只此一句，却让白曦心如刀割。

她这一生，诚然为裴墨做过许许多多一厢情愿之事，唯有去寻火莲子时，哪怕明知是九死一生之事，她也依旧满心欢欣。只因她寻到了火莲子，他便可以痊愈，他们便会有在一起的机会。

也正是因为如此，当初在红莲地狱不管遇到再多的艰难，受了再重的伤，她也始终甘之如饴。

可是，事到如今，她就算再笨再蠢，却也明白了——她喜欢的裴墨，从头到尾都没有想过要跟她在一起。

他没有受伤，没有回头，他让她去那样危险的地方，只是因为他想要她的命罢了。

白曦有多喜欢他，这一刻便有多痛。

她低着头，不让他看见她眼中的泪，直到诸天神佛散尽，她方才抬手，凄然笑道："裴墨，从今往后，我再不会来找你了。"

语罢，她转身便走，再没有任何停留。

看着她离开的背影，裴墨不知为何，胸口却越来越痛，好似完整的心，被生生剜掉了一块。

第七章
后来

白曦说到做到，从那之后，再也未曾来纠缠过裴墨。

裴墨心中始终空空荡荡的，连带着指挥作战都频繁出现失误。

眼看着将士们的质疑声越来越多，天界给予的压力越来越大，他求胜心切，竟不惜布下了破釜沉舟的局。

只可惜那时候天界已经出了内鬼，他原本必胜的战，最后却成为必死的局。

然而就在死亡逐步逼近的那会儿，他又再一次见到了白曦。

原来自他出征，她还是像以往那般尾随在后，只是学会了隐匿身形，不让任何人知晓。

面对被团团包围的困局，他原本还有很多的恐惧，可看见她的瞬间，心便彻底安定了下来。

也直到那时，他才知晓，比之生死，比之荣誉，他最在乎的，竟还是她。

只是以往她一直在他唾手可得的位置，他便觉得她与芸芸众生没有什么不同，于他而言，也一点都不重要。

此时此刻，他终于看清了自己的心，他目光灼灼地看着她，用从未有过的认真姿态对她说："小白，这一战结束之后，我会退出战神殿，到时候我会向天帝上书，让他成全我们的婚事。从今往后，天地之大，任我们自在逍遥。"

只要有她，其他的东西，他统统都不稀罕了。

可听闻他此言，白曦却只是微微扯了扯唇角："阿墨，就算你不说这些，我也是会救你的。"

刻骨铭心的谎言，一个女人的一生有过一次便够了。

他想要解释，可是当时情况太过危险，他还未来得及说，魔族更凶猛的攻击便突袭而至。

死局，仅凭一个人的到来，根本不可能有任何改变。

但生死关头，原本与他并肩而战的白曦，却吐出了内丹打算直接自爆元神，他想要阻止，却根本来不及。

远古神兽的元神自爆，巨大的轰鸣声响彻了天际，无数的魔族死伤惨重，唯有他被她用最后的力量平安送到了远方。

尽管他一经挣脱束缚，便用最快的速度赶回了原地，可她肉身已毁，他使出浑身解数，最终也只救回了她的一魂一魄。

那个会一直追随他，会无条件支持他一切，会一直用自己的方式拼命保护他的姑娘，最终，彻底离开他了。

他已经明白了自己的心意，无论如何都不能接受这样的后果。

他不接受白曦的死亡，为了复活她，他不再管天界之事，在受到天界的警告劝解之后，他索性直接脱离了天界，去往了灵药资源丰富而又危险重重的妖界。

妖怪们都嗜血善斗，可为了寻找替白曦恢复肉身的方法，他不惜与万妖为敌，神挡杀神，佛挡杀佛，生生在妖界杀出了一条畅通无阻的血路。

可一年又一年，当他为了白曦踏遍了妖族的每一寸土地，当万妖都被打怕了，心悦诚服地尊他为王，他都还是未能寻到任何的方法。

然而就在他万分绝望之际，却有阅历广博的妖怪对他说："王上，若肉身实在无法恢复，您大可以找一个跟白曦姑娘命格相似之人，将她的魂魄放入其体内，日日用仙草灵药修复神魂，这样千万年后，当白曦姑娘重新长出了三魂七魄，便可直接借那人身体复活。"

真正的喜欢，是不会在意对方的皮相的。

只要白曦能够活着，于他而言便是这世间最美好的事。

是以从那之后，裴墨便放弃了重塑肉身，转而开始在三千世界寻找和白曦命格相似的姑娘。

也正是因为如此，当后来月坠带着素卿的尸身前来寻求他帮助的时候，他毫不犹豫地便答应了月坠的请求。

因为，时隔多年，他才终于等到了可以让白曦复活的机会。

但月坠道行高深，对素卿又极为痴情，为了能让白曦的复活没有任何人打扰，裴墨索性设计封印了月坠，确定了没有后顾之忧，便将白曦的魂魄放入了素卿的体内。

可让他没想到的是，当白曦和素卿的魂魄渐渐融合在一起的时候，居然诞生了与原来的两个姑娘截然不同的新人格。

裴墨担心会出意外，觉得好不容易等到的机会不能急于求成，以免素卿自己的记忆苏醒，便先收了她当徒弟，朝夕相处悉心教导，然后慢慢再想办法让素卿恢复只属于白曦的记忆。

只可惜，还未等他寻到可以加速白曦神魂恢复的方法，月坠便冲破了封印，用他越来越强大的力量，直接向他宣战。

裴墨一来担心事情败露，二来担心一旦开战便会生灵涂炭，更有可能影响素卿的安危，便先一步关闭了妖界的大门，将素卿送往了凡尘。

尾声

在此之前，我从未想过，原来事情的真相，竟然是这样。

我的身体是月坠有过白首之约的妻子，而我的魂魄却与裴墨喜欢的姑娘共生。

妖界之乱，皆因他们想要跟自己的最爱重新在一起。

月坠的苦心积虑，裴墨对我那么多年的好，看似为了我，却又都不是为了我。

再没有比这更荒唐的事了。

也再没有比这更悲伤的事了。

可就在我以为，没有人会在意第三人格的死活，我的存在对谁来说都不重要的时候，原本一直在旁分外安静的凌让却徒然拔高了语调，用分外愤怒的声音质问道："不管是白曈醒，还是素卿活，现在的素卿都会消失吧？"

面对这样的问题，不管是月坠还是裴墨，都齐齐陷入了沉默。

只是他们的沉默并不是因为想要就此作罢，而是已经做出了决策。

岩浆沸腾，火龙咆哮，裴墨眼看就要马上冲破封印。

乌云蔽日，妖气翻涌，月坠的愤怒也犹然到了临界点。

长剑出鞘，万剑齐聚，却是凌让拼命挣开了束缚，将我牢牢护

271

在了身后。

少年微微抬眸，清冷的眼底酝酿着深沉的坚定，他对我说："素卿，我不会让现在的你消失的。"

虽然这么多年过去，我见证过无数人或辉煌或悲伤的爱情，但实际上我却一点都不了解情之一字究竟是何物。

但此时此刻，当凌让毫不犹豫地将我护在身后时，我却恍然间，好像明白了什么。

可是现在，却终究还是来不及了。

他们三个都是现在妖界人间最举足轻重的人物，如果他们打起来，三界必将受其影响生灵涂炭。

身体只有一个，不管我体内的魂魄谁吞噬了谁，最终的结局也注定不会圆满。

说来也奇怪，虽然明知道我体内还有两魂共生，但是我却并没有感觉到她们的情绪和存在。眼下我唯一所想，就只是若战斗一触即发，妖界因此破灭，群妖涌入凡间，恶妖进入天人二界作乱，善良的妖和其他无辜的生灵也势必会被牵连遭殃。

我没有能够同时阻止他们三个人的力量，我唯一能想到的便只是，如果这世间再没有了素卿，也再没有了白曦，是不是一切便会永归沉寂了？

鲜血从我的身体蜿蜒流淌而出的时候，我听到裴墨用伤心欲绝的声音在唤："白曦……"

我听到月坠惊慌失措地悲戚："阿卿……"

他们所被悲伤的，所在意的皆不是我。

唯有凌让小心翼翼地将我拥入怀中，颤声唤我："素卿，你为什么这样傻？你为什么不相信我能赢，为什么不愿意再给我一点时间？只要再有一点点时间……"

视线在一点一点模糊，我用最后的力气握住了他的手，轻声对他说："凌让，我有没有告诉过你，虽然我们相处的时间不长，可是只要你说的，我就相信。我知道，只要再有一点点时间，你就可以带我离开。待我们重回凡间，你还是那个嚣张得不可一世的臭道士，我还是那个会让你们蜀山无比头疼的妖怪，就算被你追杀一辈子，也没有什么不好……"

如果能再多一些时间，我想，我应该会爱上这个温柔勇敢的少年。

只可惜，从今往后再没有了素卿，没有白瞩，也再没有了如果……

——全文完——

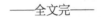

番外
最孤独的
掌门

外界都说，蜀山新一届的掌门凌让是一个绝对惊才绝艳的人物。

他仅凭一人便成功阻止了妖界的混乱，而后许多年但凡什么地方有危险他便会第一时间出现在什么地方，为蜀山，为天下藏身，鞠躬尽瘁死而后已。

然而仅有凌让自己知晓，当初妖界的混乱之所以平息，无非是因为旧妖主裴墨和新妖主月坠，他们在同一天，彻底失去了自己毕生的最爱。

而他也失去了那个原本打算共度一生的妖怪姑娘。

他在拜师的那会儿，蜀山道行最高的祖师爷见他天分奇佳，不惜耗费寿数开天眼替他看命，说他一生顺遂，修道路上最大的挫折便来自一个情字。

此结果一出，在还未曾下山除魔卫道前，他能接触到的唯一雌性就是蜀山夏日随处可见的母蚊子。

他也曾每日被耳提面命教导过女人女妖精都是洪水猛兽，在他看来，终其一生他都不会喜欢上什么人，更不可能会爱上什么人。

是以在初遇她的时候，他虽然道行高深，但是却分外迂腐，以为只要是妖怪就一定会害人吃人。是她让他明白，原来妖怪也会说话会思考会控制自己的行为，也会生气会欢喜还会为了所爱之人奋

275

不顾身。

若说最开始两人的接触，他只是单纯地想要除掉这个道行高深行为诡异的女妖怪。自海妖事件之后，越是紧跟她的行踪，见证她的所作所为，他便越是被她吸引。

好奇，往往是一段感情最早萌芽的开始。

说不清什么时候起，但凡他人提及姻缘，提及所爱，他脑中唯一所想，便是那个名唤素卿的妖怪。

尤其是在得知那个妖怪拼命在人世间奔走，皆是为了返回妖界寻找她师父裴墨之后，他就感觉自己好像被丢进了一缸子山西老醋里面，除了酸还是酸。

修道之人最忌讳的便是动情，一旦动了心动了情，便很难再专注于本心的修道。

因此在发现自己总是会思念素卿之后，他便暗自做了决定，只要她当真不会害人，只要她一直一心向善，他亦愿意放弃蜀山少掌门之位，陪她一起朝朝暮暮，过那只羡鸳鸯不羡仙的生活。

也直到那时，他才知道祖师爷当真说得没错，情之一字当真会让他修道路遇到极大的挫折，甚至可以说会从今往后断绝了这条修道路。

但那个人是素卿，他便甘之如饴。

可让他没想到的是，他还有那么多话没有来得及对她说，他还有那么多的风景没有带她一起看过走过，他还没来得及为她放弃蜀山一人之下万人之上的少掌门之位，他和他喜欢的姑娘，就永远没有了未来。

她善良，所以不忍看见生灵涂炭。

她的死亡，成功阻止了后面的战争。

可是却让三个男人，同时失去了挚爱。

至此之后，他心里便有了一座坟，住着他心心念念的女人。

素卿死了。

他的爱情也死了。

最开始的那段时间，他拼命奔向那些危险所在，表面说的是维护苍生大义，但内心想的却是，若是此时此刻他死了，黄泉路上，不知道还会不会遇见她。

只可惜那些出来作乱的妖魔都太弱了，以至于他花了千百年的时间去找他们寻死，最终都没有如愿。

他本来就是蜀山的少掌门，此时声名在外，已经看出了他寻死苗头的祖师爷索性直接将蜀山掌门的位置丢给了他，让他忙于奔波忙于处理各种苍生大事。

责任压身，他再没有机会去寻死，却学会了拼命地忙碌，只有那样，他才不会有空闲时间疯狂地思念她。

他不知道月坠和裴墨究竟是怎样度过这般难熬的时光，他只知道自素卿死后，他人生最瑰丽美好的色彩，再也没有了。

他站在蜀山最高的地方，看着红尘紫陌，看着忙碌的芸芸众生，看着对他狂热崇拜的信徒……明明那样多美好的东西，却再无一物可入他的眼。

　　不管时间度过了多少年，他也依旧记得，她在生命的最后，靠在他的怀里，微笑着对他说：“凌让，我有没有告诉过你，虽然我们相处的时间不长，可是只要你说的，我就相信。我知道，只要再有一点点时间，你就可以带我离开。待我们重回凡间，你还是那个嚣张得不可一世的臭道士，我还是那个会让你们蜀山无比头疼的妖怪，就算被你追杀一辈子，也没有什么不好……”

　　其实那时候他哭着回答了她的话，他说：“待我们重回凡间，我还是那个嚣张得不可一世的臭道士，你还是那个会让我们蜀山无比头疼的妖怪，我真追到了你，你就要陪我一辈子……”

　　只可惜他说这话的时候，她便永远闭上了眼睛。

　　若再有一点点的时间，若他当时强大得足以制伏裴墨和月坠，她还生机勃勃地活着，他想，这个世间恐怕就不会有蜀山派掌门凌让了。

　　只会有一个一心跟在媳妇身后傻乐的普通男人吧。

　　那是才是他，最想过的日子啊……

——番外完——

扫一扫看更多图书番外，作者专访

【官方 QQ 群：555047509 】

每周丰富多彩的群活动，好礼不停送！
作者编辑齐驾到，访谈八卦聊不停！